怎樣修改作文

程漢傑著

目錄

附錄

序言

王衛民

一九九三年五月，在台灣大學邀請赴台北參加「關漢卿國際學術討論會」。老友程先生漢傑托我把此書面交台灣師範大學教授許錟輝先生，並請他推薦再版。會議期間，由於主人的盛情，日程安排得很滿，我只好拜託台灣師範大學博士生蔡孟珍小姐轉交許先生。四個月後，接獲萬卷樓圖書有限公司李冀燕小姐回信，表示願意再版。漢傑兄喜出望外，我也感到莫大的欣慰。

再版前，漢傑兄要我寫一篇序言。一般說，序言應該由同行權威人士來寫。本人是研究文學的，語言學常識有限，也從來沒有在中學任教。同行談不上，權威更差之千里。不過，在大半生的磕磕碰碰中，也寫過一些文章，對該書「好文章都是改出來的」一句倒是深有體會，於是不怕「隔行如隔山」的忌諱便冒然答應下來。

作文爲什麼必須修改？該書第一部分作了令人滿意的回答。怎樣修改，該書分

怎樣修改作文

2

二十二個部分詳細而又深入淺出地加以說明。一讀便知，不用我來囉嗦。下面只談一些讀後感吧。

在現實生活中，許多事物的數量和質量往往不成正比：數量多，質量未必就高；數量少，質量未必就差。《怎樣修改作文》便是一個很好的例子。論題目，它很小，僅僅談中學生如何修改作文而已。論字數，它僅有七、八萬字，談不上長篇巨制。論理論，它像給中小學生講課一樣平淡無奇。但是，當你細細閱讀以後，那樸實而又流暢的語言，精細而又準確的闡述，深入而又淺出的說明，都顯示出作者實踐經驗的豐富和研究功力的深厚。該書不僅對中小學生改好作文有具體、清晰的指導作用，同時對中小學老師提高作文教學也有一定的幫助。從這個角度看，它的價值並不亞於洋洋灑灑、平庸無奇的數十萬言的高談闊論。

該書的特點也很突出，綜合起來有以下四個方面。

一、**是角度新**。同寫作有關的問題，從觀察到思考，從構思立意到布局謀篇……如果一一開列，至少有幾十個可寫的題目。但作者偏偏選取了《怎樣修改作文》這個爲一般學生所忽視而實際上又十分重要的角度來指導寫作。儘管這個問題有許多人談過，但像這本書始終從「修改」的角度談寫作，比較少見。本書從爲什麼要修改作文談起，接著又列了二十二個題目，緊緊圍繞著「修改」，談到怎樣使文章準確、順暢、生動、引人入勝等等問題。這樣談寫作，不能不說有新意。

二、**是有針對性**。本書緊密結合中小學生的實際寫作，所談論的都是他們在寫作中會遇到的問題。由於作者有著豐富的寫作教學的經驗和實際寫作的體驗，因此，書中內容沒有空泛的脫離實際的說教。閱讀該書的每篇都如同受到耳提面命般的諄諄教誨。正如書的開頭就寫到的：「有的同學作文，是提筆行文，放筆就交，連瞧一眼都有些不耐煩，更談不上修改了。問他爲什麼？他說：『我就煩那個「改」。』」這種現象在中小學生當中是相當普遍的。

三、**是實用性强**。花錢買書，都希望從書中得到一些東西，尤其希望得到對自己最有用處的東西。這本書不厚，不到二百頁，七、八萬字。然而這本書教給你的不僅僅是一般修改文章的知識。因爲談修改文章不過是作者講寫作的入手處，實際上涉及了寫作的各個方面，如文章的標題、文章的選材、文章的主題等。而且每講述一個問題，都結合一篇作文修改實例進行分析。綜觀全書，分析的例文有二十多篇，包括寫人敍事、描景狀物、說明議論等各種常見的文章類型。這本書，既可以把它當作文知識來讀，也可以當範文評析來讀，既可以系統地讀，也可以根據需要有選擇地讀。總之，「開卷有益」。

四、是很有指導性。該書每講一個專題，都選用典型的實例，通過對一篇作文初稿和修改稿作對比分析，闡明爲什麼要作修改的道理，很有指導性。中小學生閱讀了它，可爲寫好作文而助他一臂之力；國文老師閱讀了它，可在作文教學方面得到不少啓發。

漢傑兄是山東昌樂人，生於一九三七年。一九五七年考入天津南開大學中文系攻讀中國語言文學。在大學五年，他生活艱苦，學習勤奮，口訥少言，爲人忠厚。一九六二年畢業，以優秀成績分配到北京鐵路第二中學任教。在長達三十餘年的語文教學生涯中，他堅守陣地，持之以恆，培養出一批優秀的寫作人才。同時還努力鑽研，努力寫作，先後出版了《高效閱讀能力訓練》、《中學語文課本高效閱讀教程》、《實用快速閱讀法》以及《中學生作文例話》、《中學語文課本作文訓練輔導》、《中學生讀寫技巧》、《高考優秀作文精選評析》、《高中語文學習指要》、《高中語文解難手册》等二十餘種專著。其中在中學生高效閱讀能力的培養方面，研究精深，成果卓著。《試論高效閱讀能力的培養》一文獲北京市教育學會頒發的優秀科研論文一等獎。他首創的這一方法在大陸許多中學廣泛應用，並取得良好效果。爲此，他先後被評爲全國優秀教師、鐵道部優秀知識分子。他現任北京鐵路二中高級教師，兼任全大陸中學語文高效閱讀研究中心研究部主任、鐵路重點中學語文研究會常務理事長、北京鐵路局高級職務評委會委員、北京市教育局教學研究部語文兼職研究員等。

漢傑與我同時考入南開大學，同在一個班，同住一個宿舍，後來又同在北京工作。幾十年來互勉互勵，患難與共，眞可謂算得上同學、朋友加兄弟了。該書能在台灣再版，展現在海峽兩岸中小學生的面前，我們高興的心情是一樣的。在此，謹向萬卷樓圖書有限公司同仁和許錟輝教授、蔡孟珍小姐致以衷心的敬意。

一九九三年十一月二十日　於中國社會科學院文學研究所

爲什麼要修改作文

有的同學作文，是提筆行文，放筆就交，連瞧一眼都有些不耐煩，更談不上修改了。問他爲什麼？他說：「我就煩那個『改』。」其實，這個「改」煩不得，一「煩」，就「簡化了手續」，一「簡化」，就可能放過不少毛病。

俗話說：「玉越琢越美，文越改越精」。好文章都是反覆改出來的。作文的過程就是一個修修改改的過程。寫作能力就是在改動一句話、一個字、甚至一個標點的過程中逐步提高起來的。大凡作家，都深知修改之重要。所以，有的是「爲求一字穩，耐得半宵寒」；有的是「二句三年得，一吟雙淚流」；還有的是「語不驚人死不休」，直至把詩文改得「豐而不餘一字（豐滿而沒有一個多餘的字），約而不失一詞（簡約而不殘缺不全）」，才肯收筆。例如散文家楊朔，他寫的散文，短短幾千字，總要構思好幾天，構思成熟，方才動筆。於是一面寫，一面改，改了又

怎樣修改作文

2

圈，圈了又改。反反覆覆，切磋琢磨，眞比繡花還精細。《雪浪花》的手稿和其他的手稿相比，算是較清楚的一篇，全文僅三千字左右，卻改了二百多處。其中許多地方作了反覆修改，一字未改的只有十五句。

俗話說：「三分文章七分改」。只有通過修改，文章才能由冗長龐雜，變得凝練簡潔，使中心思想鮮明、突出。删去對表現中心思想無力的內容，勾掉與中心思想扣得不緊的部分，反覆錘鍊，才能使文章達到爐火純青的境地。俄國文學家契訶夫說：「寫作的技巧，其實是删掉寫得不好的地方的技巧」，是很有道理的。

所謂「三分文章七分改」，包含兩方面的意思：

一、是從時間上說，寫出文章草稿只用「三分」時間，而把文章修改好，卻要用「七分」時間。像托爾斯泰對《復活》中卡秋莎的外貌描寫，修改了二十次才定稿。

二、是從文章水平來說，初稿只有「三分」，經過反覆修改，才能達到「十分」。

爲什麼文章非修改不可呢？

這是因爲，在文章中要表達一種意思，可用的表達方式不只是一種。幾種之中

爲什麼要修改作文

3

自然有高下之別，動筆時所選擇的未必就是那個最好的，而修改，就有可能把不好的換成好的，或較好的換成更好的。這是第一點。

動筆時，你的筆所隨的思路有不很清晰的可能，因而表現在紙面上，就會在立意、條理、措辭等方面出現問題。解決的辦法，只能是過些時候，當你思路清晰的時候，重新修改，使之更準確。這是第二點。

即使寫文章時思路是清晰的，但過些時候再看，對於其中的某一點或某幾點，也會想得比較周密或更加周密，從精益求精的要求來看，也需要修改。這是第三點。

寫過文章後，過了一段時間，我們可能要經歷很多事情，讀過很多作品，尤其當讀的作品裡講到與自己文章同類內容的時候，肯定會使我們受到啓發。這時再看原來的文章，本來以爲天衣無縫的，才覺得有了缺漏甚至錯誤。至少是本來覺得這樣說合適的，現在看來不夠妥當，這當然也需要改。這是第四點。

此外，人總是不斷學習、不斷提高的。提高了，再看舊作，就必然發現有不足之處，這也就不能不作修改。這是第五點。

總之，修改文章是十分必要的。

也許有的同學會說：「你說的那是作家們的事。中學生就這個水平，即使千改萬改，作文也好不到哪兒去！」這是因爲他還沒有親自嚐到修改作文的甜頭。爲此，我想舉個例子給大家聽。我在作文教學中，曾讓全班同學作這樣一個作業：把自己近期的作文翻閱一遍，挑選幾篇（至少五篇）自己認爲最好的，加以修改、謄寫、編成《習作自選集》，寫上《序》《跋》，裝訂成册，在全班交流。開始，有的同學不想作，覺得擺弄自己的作文能有什麼長進？但是，當他們都編成了《自選集》後，感受可就多了。

其中感受最深的一點，就是體會到了修改文章的重要。有的同學說：「修改了自己的作文，收穫很大。以前有時也想改，但又捨不得時間。覺得有那麼多時間還不如再寫一篇呢，只好帶著猶豫的心情把以前的作文擱了起來。這次爲了完成作業，終於修改了，還編成了習作選。在修改過程中，我發現了很多問題，自己才認識了『修改是提高程度的過程』這個道理。在修改中發現自己的文章語病很多，如不合邏輯、生造詞語等。」有的同學說：「這次編選自選集，使我認識到作文應當經常修改。作完一篇文章之後，經過一段時間再來看，就會發現以前不曾發現的不足之處。經過反覆修改，不僅使文章有所提高，而且寫作水平也就無形中提高了。」

爲什麼要修改作文

5

還有的同學在編選的實踐中突然有所領悟，似乎頓開茅塞。劉若男同學從一年中課上課下所寫的近四十篇文章中選編好習作集後，在《跋》中頗有感觸地說：「《愛》是我寫的所有記敍文中最成功的一篇（此文獲《讀寫知識》報作文比賽二等獎），它通過記敍一位繼母對非親生女兒無微不至的關懷、照顧，歌頌了她勤勞善良、高尚無私的美德，顯示出母愛的偉大。記得我是在一個下午，一氣呵成這篇三千多字的文章的。下筆十分順暢，這在我自己也覺得是少有的。過後回味琢磨，究其原因時，才感到這篇文章之所以寫得順利，主要是由於取材於自己身邊的眞人眞事，印象深刻，感受很多，所以寫起來十分順手。這給了我一個深刻的啓示：『作文要力求一個「眞」字，發諸眞情，便能寫出較好的作文。』」

同學們，你要知道梨子的滋味，最好是親口嚐一嚐。這修改作文的甜頭，只要你親自去實踐，也一定會嚐到的。

此外，修改作文的意義，並不只是限於把文章修改得更好更美，對我們青少年來說，更進一層的意義在於，自己修改作文，有助於發展智力，培養能力，有助於養成良好的學習習慣。在這科學技術不斷更新換代、日新月異的時代，人人都需要比較熟練地運用語言文字這個工具，準確地表達自己的思想，眞實地反映客觀事物。而客觀事物又是曲折複雜的，不斷發展變化的，因此，要想使自己的思想準確地表達出來，沒有對自己的文章「自我修改」的能力是不成的。但在作文教學中，長期以來形成的局面是「學生作，老師改」，修改權，彷彿完全由老師壟斷了。其惡果是，助長了某些同學寫得不認眞，不負責任，草草成篇，寫完之後也不再看一看，甚至把不會寫的字也空起來，讓老師去塡，去改。這種作法持續下去，從眼前來看，許多同學寫作能力處於停滯狀態，對作文缺乏興趣；從長遠來看，不會修改自己的文章，缺少良好的寫作習慣，問題是嚴重的。葉聖陶先生早就教導我們：「『改』與『作』關係密切，『改』的優先權應該屬於作文的本人，所以我想，作文教學要著重在培養學生自己改的能力。」可見，認眞修改自己的作文，養成自我修改的好習慣，培養起自我修改的能力，對我們寫作能力的提高是十分重要的。

把文章改得更生動

怎樣才算是好文章？有人說：「生動就是好文章。」這種說法雖然不太全面，但也說出一定的道理。好文章當然首先要內容好，有意義，但如果不生動，死氣沈沈，別人不愛讀，也算不上好文章。所以說，力求把文章改得生動些，是非常重要的。所謂生動，就是文章的語言要具體，要形象，要說得有聲有色，有感情色彩，使用最恰當的詞語去表達特定的思想，使語言發揮感染和鼓動作用。如果是寫人物的，就應該把人物寫活，使人讀後留下深刻的印象。

這裡有一篇題爲《我的伯父》的原稿和修改稿。修改稿要比原稿寫得生動得多，其所以生動，原因是多方面的，但主要原因有兩點：

一、是通過人物對話來寫人物，

二、是對「伯父」的「笑」的描寫改得好。

現在我們先看原稿和修改稿之後，再細致分析作者怎麼修改的：

我的伯父（原稿）

「年過七十古來稀。」我的伯父身板卻更加硬朗起來。看這勁頭，真像要再活七十年似的，這還正處在中年時期呢。

人們常說：「人老了，覺就少了。」可不嗎，我的伯父每天都起在太陽頭裡，穿上那件羊毛坎兒，拉開門栓，我知道他到菜園裡捉蟲去了。

伯父可能是屬牛的吧？要不他怎麼那麼大勁呢？我和弟弟剛推動的水車，他自己就推得軲轆軲轆。每天早晨他都要推上半拉時辰，給青菜澆水，他說：「青菜這玩藝兒，看起來水鮮水鮮的，吃起來脆生生的，你不給它澆水，它哪來的水呀。」更使我奇怪的，他那麼大年紀竟喝涼井水，還是用那雙老棗樹皮似的手捧著喝，別人一勸他，他老是那句話，「甜啊，這是純水，地下冒出來的。」

蟲捉了，水澆了，我的伯父走進菜地，輕輕撥拉著菜葉，掰下幾葉被水沒了的，甩一甩水，拿著回家犒勞他的老山羊去了。

當你聽到「咩咩」的羊叫聲的時候，就會看見伯父背個筐，拿把鐮刀，跟在山羊後面。看那羊的渾身乾淨勁，就曉得伯父對羊的愛護了，他天天給羊刷毛、掃圈。伯父走在道上，頑皮的孩子總是讓伯父逗一陣子，孩子們奇怪地看著伯父那根插在鬍子裡的煙袋，不時地冒著白煙，他們真擔心是鬍子著了。要是哪個小淘氣騎到他那羊的背上，或者去摸山羊鬍，伯父就會發怒，喝斥一聲：「小搗蛋，調皮鬼，看我揍你不。」其實伯父從來不打人。

「老哥，年紀大了，該歇歇腳了。」愛說話的洪福老漢不時咂著舌頭，「咱是快鑽煙囪的人了，還忙乎個啥。家裡的地有年輕人種著，管咱老傢伙芝麻事。」他自在地撥拉耳朵。

伯父兜了一下羊繩：「看你自在的。前兩年你想出去還沒去處呢，看見那莊稼就難受。就是出去也不敢牽個活的去啃啃地裡的草，真怕割尾巴呀。」

自從分了地實行責任制以後，伯父就買了這隻羊，這隻老山羊一年下幾窩羊羔，每窩三、四隻，伯父精心照料，養成了賣掉。

怎樣修改作文

10

我經常聽到伯父的笑聲，有時竟從「縐紋」間滾出淚珠來。

我的伯父（修改篇）

俗話說：「年過七十古來稀」，我伯父快七十了，這幾年身板反而更硬朗了。就說那水車，我和弟弟憋足了勁兒，那輪子才能轉動，可伯父笑呵呵地能推得它軲轆軲轆轉上一兩個時辰。

也許真的像人們說的那樣「人老了，睡覺就少了」，每天清晨，伯父穿上羊皮坎兒，輕輕拉開門栓，悄悄地出去了。我知道他準是去菜園裡捉蟲去了。

等到菜園裡那輕紗似的薄霧散盡了的時候，伯父又在忙著給青菜澆水了。只要有誰走過菜園子，他就會自言自語地說：「青菜這玩藝兒，看起來水鮮水鮮，吃起來脆生生的；不給它澆水，它哪來的水呀。」幹累了，口渴了，他就舀一瓢冰涼的井水，用那滿是縐紋的手端著喝。要是有人勸他，他總是那句話：「甜啊，這是純水，地下冒出來的。」

把文章改得更生動

11

捉完蟲，澆完水，伯父走進菜地，輕輕撥拉著菜葉，掰下幾片沾滿水珠的葉子，甩一甩水，拿回家犒勞他的老山羊去了。

那隻老山羊可是伯父的心肝寶貝。那是分了責任田後，他從鎮上買回來的，都快三年了。每天都給它刷毛，掃圈。那山羊也算對得起伯父的精心照料，每年都要下一窩羊羔，一窩有三、四隻，等到小羊斷了奶，伯父就把它們賣掉。

早飯後，伯父照舊要牽著老山羊去放青。路上碰見一羣羣頑皮的孩子，他們歪著腦袋，驚奇地望著伯父那根插在鬍子裡的煙袋不時地冒出白煙，他們似乎在擔心伯父的鬍子會燒起來。小淘氣們都想去摸一摸那山羊，可誰敢呀？只要把手伸向老山羊，伯父就會斂起笑容，喝道：「小搗蛋，調皮鬼，看我揍你不！」其實，他從來也沒有真的動手揍過他們。

「老哥，年紀大了，該享享晚福了。咱都是快下土的人了，還忙乎個啥？」頂愛逗趣的洪福老漢衝著伯父喊，邊喊，邊撥拉耳朵。

伯父抖了抖手中牽著的羊繩：「看你自在的。前些年牽隻羊去啃啃路邊的青草，咱想幹還不敢幹哩。現在可好嘍！」

伯父一抹長鬍子，掉轉頭，笑呵呵地牽著羊走了……

修改稿比原稿生動，最成功的地方，是對伯父的「笑」的修改。

原文中對伯父笑的描寫，只是在文章末尾有一句「我經常聽到伯父的笑聲，有時竟能從『縐紋』中滾出淚珠來。」而整篇文章對伯父的描寫又是與「經常聽到伯父的笑聲」不一致的。比如，這年過七十的伯父，本該「享享晚福了」，可他還要忙乎：捉蟲，澆水，照料山羊，要是哪個小淘氣騎在他那羊的背上，或者去摸山羊鬍子，伯父就會發怒，喝斥一聲。而修改稿卻根據伯父的性格特徵，集中描寫了伯父的「笑」。開頭寫「伯父笑呵呵地能推得水車軲轆軲轆轉上一兩個時辰」，就爲讀者留下了一個懸念：伯父的心裡一定很快樂吧？他樂什麼呢？這樣的開頭，爲全文定下了一個基調。中間又寫伯父的「笑」，更爲成功，還是伯父養山羊那件事，修改稿只改動了原稿中一個句子，把「伯父就會發怒」改爲「伯父就會斂起笑容」，一個「斂」字，勾畫出了伯父的形象特徵：「笑」。讀到這裡，讀者不僅又會發問：「這年過七十的伯父，不以爲苦，反以爲樂，是什麼原因呢？」文章的末尾，又一次寫到伯父的「笑」：「伯父一抹長鬍子，掉轉頭，笑呵呵地牽著羊走了……」這一次笑的原因，是由於洪福老漢的一段問話勾起的。「老哥，年紀大了，該享享晚福了。咱們都是快下土的人了，還忙乎個啥？」聽到洪福老漢的話，伯父抖了抖手中牽著的羊繩說：「看你自在的。前些年牽隻羊去啃啃路邊的青草，咱想幹還不敢幹哩。現在可好嘍！」正是伯父「笑」的原因，這「笑」，餘音裊裊，耐人尋味。這「笑」雖只寫了三次，卻貫穿全篇成爲一條主線。使人物的形象更加具體生動。

修改稿之所以比原稿生動，還有很重要的一點，是在對人物語言的修改上。「言爲心聲」，人物的語言往往可以反映出他們的性格特徵，修改稿正是在這方面下了些功夫，從而使之更合乎人物的身分和性格，更有力地揭示人物的內心世界，從而刻劃出更生動鮮明的形象。比如，原稿中洪哥的語言是：「老哥，年紀大了，該歇歇腳了，」「咱們是快鑽煙囪的人了，還忙乎個啥，家裡的地有年輕人種著，管咱老傢伙芝麻事。」修改稿則把這番話改爲「老哥年紀大了，該享享晚福了，咱都是快下土的人了，還忙乎個啥？」這樣一改就更簡潔而準確了。「享晚福」從側面映襯了農村實行責任制以後，農民生活的富裕，而富裕了的「伯父」都還不去「享福」，就更鮮明地襯托出伯父的勤勞、樂觀的性格特徵，要比「歇歇腳」含義深刻，效果好得多。

由於修改稿在以上兩方面的修改，使得文章所寫的主人公，形象更眞實，更典型，文章當然就更生動了。

需要強調的是，要想把人寫「活」，把文章寫生動，不只是一個寫作技巧的問題，還有一個如何觀察人、瞭解人的問題。如果對要寫的人物不瞭解，不熟悉，或者瞭解得不深入，不具體，那就不可能抓住人物特徵，更不能把握住足以表現人物性格的典型事件。因此要想寫出生動形象、性格鮮明、有血有肉的人物，也只有下苦功夫去觀察、思考和分析，仔細研究他們的一言一行，才能寫出和修改出理想的文章來。

把文章改得更順暢

好的文章使人讀著順暢自然，如行雲流水。尤其是抒情成分比較濃的文章，感情奔放一瀉千里，眞如一氣呵成。但是同學們在寫作文時，由於某種原因，往往使人感到疙裡疙瘩，彆彆扭扭。這樣的文章，即使材料再好，感情再眞，也不容易打動別人的心。這裡有一篇題爲《我的好榜樣》的文章，感情樸素、眞實、深厚，選擇的事例也較準確、鮮明，語言也是通順的。但是由於行文中有的當寫未寫，有的不當寫的寫了，影響了感情的表達。如果稍加修改，文章就順暢多了。

我的好榜樣（原稿）

從姥姥家度暑假歸來已經將近一年了。在這期間，我時常懷念起從小把我拉扯大的姥姥，百般疼愛關懷我的舅舅和姨媽，同我一起玩耍的表弟、表妹和那終日癱在牀上的殘廢表哥。

我的表哥小時候，得了小兒麻痺症，無情的病魔殘酷地奪去了他的雙腿，只能成年累月地躺在牀上。年近七旬的姥姥一提起她這個大孫子，就難過地搖頭嘆氣，自言自語地嘮叨個沒完。

去年暑假，我又重新踏上了這久別又十分熟悉的土地，來到了姥姥的身邊，見到了日夜思念的親人。多麼熟悉的房屋，多麼親切的面孔，我沈浸在久別重逢後的幸福中。

當我跨進裡屋的門坎時，一眼便看見了坐在炕沿旁同夥伴聚精會神下象棋的表哥。他已滿十八歲了，看不出個子的高低，露在褲腿外的小腿仍然和胳膊一般粗細，上身發育得很正常，結實的肌肉、有力的手掌絲毫看不出他是個殘廢人。因爲長年用右臂支撐著身體，右肩膀明顯地高出一大節，面容没有多少變化，臉盤比幾年前稍大了一些。看著眼前的表哥，我的心像刀絞一般地難受，多麼不公平呀，病魔爲什麼偏偏奪去了他的雙腿。

在姥姥家住了一段時間，我真正瞭解了我的表哥，對他更是敬佩。不能走路這個生活的難題並沒有使表哥悲觀失望，他還是那樣强烈地熱愛著生活。不能去上學，他拿弟弟的課本識字，讀小說，豐富自己的生活；沒有工作，他按照圖紙修理改裝收音機；不能去劇場，他讀劇本，看電影劇照……在表哥的房裡，養著各種的花草：清香的茉莉，盛開的月季，帶刺的仙人掌，刺兒球……和院子裡兩株綠葉繁茂、花兒火紅的美人蕉。每天清晨，他總是用右臂費勁地支撐著身體一下一下爬到花盆前，左手用力捏住壺把，細心地給花兒澆水、捉蟲、剪枝。把頭深深地埋在紅花、綠葉之中。這些事情都做完後，表哥便拿出心愛的口琴和幾本歌曲選集，興致勃勃地練起口琴來，那曲子悠揚、動聽，我也忍不住小聲哼起歌來，在表哥的伴奏下，我的歌也不再跑調兒了。看著他吹口琴的姿勢、神態，使我又一次被深深地感動了。

學校就要開學了，我懷著戀戀不捨的心情離開了姥姥家。不久，表哥來信了，看著他那工整、剛勁的字體，怎能不使我心潮翻滾呢？媽媽常常對我說：「瞧瞧你表哥，他在那樣的環境中都能這樣刻苦勤奮，你真應該好好向他學習呀！」

我的表哥——一個不能行走的殘廢人，他雖然不懂什麼語法，不會演算複雜的三角、幾何。然而他那驚人的毅力，對美好生活的強烈熱愛、嚮往和美好的心靈值得我學習，他是我學習的好榜樣。

這篇作文的第三段是個過渡段，本應當用最簡練的語言過渡下來。但寫得比較囉嗦。比如：「又重新踏上了這久別又十分熟悉的土地」，「多麼熟悉的房屋，多麼親切的面孔，我沈浸在久別重逢後的幸福中」等句，完全可以刪掉。

文章的第四段，本來似應有幾句表哥對自己說的話，才更足以表現出自己對表哥的感情，而這裡卻一點未寫，顯得欠缺點什麼。

在第六段中：「在表哥的房裡，養著各種花草：清香的茉莉，盛開的月季，帶刺的仙人掌，刺兒球……和院子裡兩株綠葉繁茂、花兒火紅的美人蕉。」這句話說的是「房裡」和「院子裡」養著的花草，用連詞「和」來連接是不通順的。應當把「和院子裡」改爲「在院子裡還栽著」才好。這一段的末尾：「看著他吹口琴的姿勢、神態，使我又一次被深深地感動了。」這一句是概述的話，並不是具體說的那一件事，所以不能用「又一次」，而應改爲：「我總是被深深的感動著。」

第八段（結尾段）也寫得不太理想，應作適當修改。

根據以上分析，可以把全文修改成這樣：

從姥姥家度暑假歸來已經將近一年了。在這期間，我時常懷念起從小把我拉扯大的姥姥，百般疼愛、關懷我的舅舅和姨媽，同我一起玩耍的表弟、表妹和那終日癱在牀上的殘廢表哥。

我的表哥小時候，得了小兒麻痹症，無情的病魔殘酷地奪去了他的雙腿，使他只能成年累月地躺在牀上。年近七旬的姥姥一提起她這個大孫子，就難過地搖頭嘆氣，自言自語地嘮叨個沒完。

去年暑假，我來到了姥姥的身邊。見到了日夜思念的親人。

當我跨進裡屋的門坎時，一眼便看見了坐在炕沿旁同夥伴聚精會神下象棋的表哥。他已經滿十八歲了，看不出個子的高低，露在褲腿下的小腿仍然和胳膊一般粗細，上身發育很正常，結實的肌肉，有力的手掌絲毫看不出他是個殘廢人。因爲長年用右臂支撐著身體，右臂膀明顯地高出一大節。面容沒有多少變化，臉盤比幾年前稍大了些。看著眼前的表哥，我的心像刀絞一般地難受。

正當我以同情、惋惜的心情，要喊「表哥」時，他突然發現了我，驚喜地大聲喊道：「哎，表弟，你又來了，我真把你想死了！」我趕上一步，緊緊握住了表哥的手，一句話也說不出來。「多麼不公平啊，病魔爲什麼偏偏奪去了他的雙腿！」我心裡暗暗在翻騰著。

在姥姥家住了一段時間，我真正瞭解了我的表哥，對他更是敬佩了。

不能走路這個生活的難題並沒有使表哥悲觀失望，他還是那樣强烈地熱愛著生活。不能去上學，他拿弟弟的課本識字，讀小說，豐富自己的生活；沒有工作，他照圖紙修理、改裝收音機；不能去劇場，他讀劇本，看電影劇本……在表哥的房裡，養著各種花草：清香的茉莉，盛開的月季，帶刺的仙人掌，刺兒球……在院子裡還栽著兩株綠葉繁茂、花兒火紅的美人蕉。每天清晨，他總是用右臂費勁地支撐著身體一下一下地爬到花盆前，左手用力捏住壺把，細心地給花兒澆水，捉蟲，剪枝。這些事情都做完後，表哥便拿出心愛的口琴和歌曲選集，興致勃勃地練起口琴來。那曲子悠揚動聽，我也忍不住小聲哼起歌來。在表哥的伴奏下，我的歌也不再跑調兒了。看著他吹口琴的姿勢、神態，我被深深地感動了。

學校就要開學了，我懷著戀戀不捨的心情離開了姥姥家。不久，表哥來信了，看著他那工整、剛勁的字體，怎能不使我心潮翻滾呢？媽媽常常對我說：「瞧瞧你表哥，他在那樣的環境中都能這樣刻苦勤奮，你真應該好好向他學習呀！」

是啊，我表哥的身體雖然殘廢了，但他的心靈是美好的。他戰勝困難的驚人毅力、熱愛和嚮往美好生活的樂觀精神多麼值得我學習啊！

把題目改得更貼切

我們寫文章，經常有這樣的情形：開始先根據要寫的內容立下一個題目，但行文中由於某種感情的驅使，對某一方面寫得很具體、生動，但與原題卻不太相符了。這種情形，如果是屬於自由命題作文，就完全可以斟酌一下，把題目改得更貼切一些，從而使文章主題更鮮明。

有一位同學在學完朱自清的《背影》後，非常欣賞文章那精巧的構思、凝練的語言，也爲文中所表現的那濃郁的父子深情所感動。特別是課文中刻畫的那個在困難中努力奮鬥而又愛子心切的父親形象使他激動不已。因此，他便模仿《背影》，以背影寫人的手法，以手寫人，寫了一篇《我所敬愛的姐姐》。這篇作文，由於抒發的是眞情實感，又借鑒了《背影》的巧妙構思，是一篇不錯的文章。

文章的開頭寫道：

一輛從上海開往北京的特快列車在飛馳著。我坐在靠窗的座位上，看著一行行白楊，一排排平房，一塊塊綠田在飛速地向後倒退著。我把頭枕在肘彎裡，默默地想著：這次回北京，誰來接我呢？爸爸、媽媽，還是她……想起她……我的眼前浮現出那一雙纖細靈巧的手。她就是我所敬愛的姐姐。

接著，文章介紹了姐姐是大學三年級學生，剛剛二十歲。然後又用「我最敬佩的是她那一雙靈巧的手」，引出對姐姐的回憶：姐姐的手，「曾拉我去逛公園」；姐姐的手，曾「把著我的手教我寫『一、二、三……』」；姐姐這雙手，也曾「重重地打過我一記耳光」。之後，文章又詳細地記敍了自己上小學一年級時，因爲要看姐姐的書，不小心把姐姐書架上的書掉了一地，而挨了姐姐打的生動細節。文章最後，以列車快到北京時自己激動的心情作結。

這篇作文，如果單從內容和眞情實感來講，是寫得不錯的。但細細閱讀之後，似乎又感到文不對題。文章的題目是《我所敬愛的姐姐》，但綜觀全文，卻不是多側面、多角度地去寫姐姐的可敬愛之處，而是只圍繞「姐姐的手」來組織材料的，不如乾脆把題目改爲《姐姐的手》。這樣一改，原來所寫的內容全部就都扣上了題，改變了題目不妥的毛病。基本方案定下來以後，爲了突出新的題目要表現的主題，又作了幾處重要修改，比如：爲了說明「我」對姐姐的手「有著特殊的感情」，補充了她教「我」畫畫、剪紙、繡花等事實；爲了進一步說明姐姐的手勤勞靈巧，以及她對「我」的關心愛護，又增加了姐姐幫「我」燒飯切菜等細節；爲了交代姐姐對「我」嚴厲的原因，還敍述了姐姐的書籍的來歷、姐姐捧讀時那種入迷的神態和姐姐那「早就告訴你不許亂動」的忠告。這些敍述，說明了姐姐「打我」是事出有因、可以理解的。

爲了更集中地表現主題，作者又把原稿中「她比我矮半頭，可我從來不笑她」之類與主題關係不大的闡述統統刪掉了。

經過這樣，改，題目貼切了，主題也更突出，選材更恰當了。請看：

姐姐的手（修改稿）

把題目改得更貼切

25

一列從上海開往北京的特快列車在飛馳。我坐在靠車窗的座位上，看著窗外的一行行白楊，一排排平房，一塊塊冰雪覆蓋的田地飛速地向後倒退著。火車已過天津站了。我把頭枕在肘彎裡，默默地想著：離開北京整整一年了，爸爸媽媽都好嗎？姐姐又怎麼樣呢？一想起姐姐，我的眼前就浮現出那一雙勤勞靈巧的手。

我的姐姐現在是大學三年級的學生。從我懂事起，我倆就親密無間，雖然時不時會拌嘴，打鬧，可過一會兒，就和好如初了。她那雙手多麼靈巧啊！我對那雙手有著特殊的感情。它曾攙我去公園，她手把手教我寫「一、二、三……」還教我畫畫、剪紙、繡花……

記得我上四年級時，正是姐姐考大學，父母對她特別照顧，蛋糕、巧克力、魚乾片給她買了一大堆，可只給我一點點。家裡的許多事都不讓她做，倒要我學著做。

一天下午，我懶洋洋地淘米做飯。姐姐背著書包興沖沖地進來，對我眨眨眼說：「飯做好了嗎？我餓了。」我沒好氣地說：「你耐心地等著吧。」我擦燃火柴，點著煤爐，剛放好飯鍋，嘴裡忽然被堵進塊蛋糕。我一擡頭，見姐姐正衝著我笑呢。她拍拍我的肩膀說：「吃我的蛋糕去吧。」說完，就忙著洗黃瓜去了。不久，黃瓜洗好了，她拿起一根，左手按住，右手拿起菜刀，麻利地切起來。「嚓嚓嚓……」聲音是那麼富有音樂感，就好像鋼琴家在按動琴鍵一樣嫻熟。黃瓜片切得又齊又薄又勻，我看著姐姐的手，這是一雙多麼勤勞靈巧的手呀！

可是，姐姐的手也是嚴厲的手。記得剛讀小學一年級時，我對她那一格裝滿五顏六色的圖書的書架充滿了好奇心。那些書都是姐姐用儲蓄的零花錢買的。姐姐 捧起那些書，簡直什麼都忘了，還時常發出輕輕的笑聲。我真想看看那書裡到底有什麼，可姐姐從來不允許我碰一碰。

一次，姐姐在廚房裡，我偷偷揭開她書架上的塑料布一看，啊，裡面書真多，有《十萬個爲什麼》、《名人名言錄》、《動物世界》，還有我看不懂的英語書。我輕輕地抽出一本書，看到封皮上有一個白鬍子老爺爺，我高興極了，便使勁去抽，「嘩啦」一下，別的書都倒下來了。「哎呀！」我的話音未落，姐姐已經聞聲跑來。見此情景，她怒不可遏地瞪著眼嚷道：「早告訴你不許亂翻，怎麼老不聽話！」說著舉起帶水珠的手「啪」地打了下來，冰涼的水珠落

27

在我的臉頰上，我嚇呆了。姐姐以前沒有這樣對待過我呀。姐姐轉過身擦乾手，蹲身去拾起書來。她細心地用雙手拍著書，用嘴吹掉灰塵，還小心地弄平折角的書頁，然後一本本整齊地放進書架，最後又將那本封皮上畫有白鬍子老爺爺的書，遞到我手裡……

「賣天津特產啦——」一個聲音打斷我的沈思。我擡頭一看，一個列車員在賣食品。我欠起身，看到食品車上有魚乾片，便買了兩包。這是我姐姐最喜愛的食品。

「嗚——」火車長鳴一聲，就要開進北京火車站了。我的心怦怦地跳起來。我立起身，打開車窗向外望著……

這篇作文修改的經驗告訴我們：一篇作文，擬好題目是非常重要的。俗話說，題目是文章的眼睛，好的題目，在內容上，好像一面鮮明的旗幟，不僅能體現出文章的主題，而且有提綱挈領的作用；在形式上，能生動形象地勾勒出文章的全貌，使人透過題目，能窺見文章的要義，從而產生強烈的閱讀興趣。因此，我們在寫作文時，如果是命題作文，應當審好題，在行文中要緊緊扣住題目，不能離題；如果是自由命題，則要反覆斟酌文章要寫的內容，給它擬定一個十分合適的題目。使「眼睛」與「面目」相襯，十分和諧，十分協調，成爲有機的整體。

把文章改得扣題更緊些

寫作文要切題，這是最起碼的要求。不過有時候從文章內容來看是扣著題目寫的，但由於在語言上照應不夠，也往往給人以扣題不緊的感覺。這是由於在行文時，把注意力都放在內容上，對文字語言的推敲潤色不夠造成的。這類毛病，改起來是比較容易的，但一旦改定，文章卻往往因爲幾句的改動而增色不少，請看下面的例子：

到生活的大海中去搏擊（原稿）

人們往往會讚嘆大海的浩瀚、壯闊，然而人們卻受不了大海呼天嘯地的烈性，經不起驚濤駭浪的衝擊。於是，許多人置身於游泳池中，去享受那風平浪靜的快樂。人們高興地在游泳池裡來回穿梭，認爲游泳池才是人們充分享受水的快樂的處所，而大海充滿了危險……

在現實生活中，雖然也有人不斷地埋怨自己的生活環境，然而人們卻經受不住嚴峻的考驗。於是，不少人退居一旁，置身溫暖的家庭，去享受那寧靜的天倫之樂。人們對生活淡漠了……

的確，要學會在生活大海中游泳，並非易事。它需要經驗，更需要信念。當然免不了要經歷種種坎坷。但是，只要你有勇氣投身於生活的大海，那麼無論征程上充滿困苦、艱險，無論生活的巨浪把你打入社會的底層，再大的困難都是可能克服的。

例如，著名數學家陳景潤熱情地投入生活的大海。他十幾年如一日，在八平方米的小屋裡鍥而不捨地攻關，人們似乎忘卻了他的存在。但是，他沒有放棄對人生的搏擊，沒有躲避生活大海的波浪。他在生活的海洋中奮力搏擊，終於登上了理想的彼岸。

自學成才的青年曹南薇熱情地投入生活的大海，勇敢地經受著生活大海的種種磨礪。她面壁十年，刻苦學習，百折不撓，終於變理想爲現實，被破格錄取爲高能物理研究所的研究生。

他們才是生活的强者，時代的縮影！

人生的大海，浩瀚、壯闊。在這裡有著驚濤駭浪，有著困難和艱險，然而當你投身於生活的海洋，你會享受到在游泳池裡所不能想像的無窮樂趣。朋友們，熱愛生活的海洋吧，讓我們展開雙臂，投入到生活的海洋中去。爲著我們的信念，奮力而前行。

這篇作文的立意是不錯的，而且能緊扣文題，由設喻而引出聯想，聯繫現實生活展開議論，從正反兩個角度對兩種不同的人生哲學作了剖析，從而抒發我們時代的青年應當樹立激流勇進，敢於在時代風浪中英勇拚搏的高尚情懷。在寫法上還能通過類比引出論題，結合對比以加深文章的思想深度，這些都是難能可貴的。但有一個明顯的缺點，就是遣詞造句中沒有緊扣「游泳」，即題目中所說的「搏擊」。除了在第一段用「游泳」類比之外，第二段，第三段都未涉及「游泳」或「搏擊」，第四段，第五段雖時有扣到「游泳」的語句，也不甚明顯。

按這類文章來看，既然運用類比手法，最好時時處處與類比的事物相聯繫，才使人感到自然貼切。

後來，該文作者對此作了一下修改，分別在各段增加了諸如：「也總有那麼些人只會喃喃不休地埋怨大海的咆哮」、「他們退居一旁，置身於游泳池中」（第二段）、「請看一看，他們又是怎樣在生活的急濤凶浪中搏擊的」（改稿第九段）、「但他卻沒有躲避生活大海的波浪，而是在激流中游泳，終於登上了理想的彼岸。」、「不畏暗礁，不懼漩渦，百折不撓地向前游」（改稿第六段）等等。由於增加了這些照應性的語句，不僅使論證更嚴密了，而且由於處處扣題照應類比，這樣的寫法，也增加了論證的形象性，使文章更吸引人了。下面請看該文的修改稿：

到生活的大海中去搏擊（修改稿）

人們往往會讚嘆大海的浩瀚、壯闊，然而卻對它那呼天嘯地的烈性充滿了畏懼。於是，許多人攀附於游泳池畔，去享受那風平浪靜的歡樂。他們高興地在游泳池裡來回穿梭，認爲游泳池才是人們能充分享受水的快樂的理想處所，而大海則充滿了危險……

不是嗎，在現實生活中，也總有那麼些人只會喃喃不休地埋怨大海的咆哮，經受不住生活的大海對自己的嚴峻考驗，於是，他們退居一旁，置身於游泳池中，去尋找那寧靜的天倫之樂。

的確，要學會在生活的大海中游泳，並非易事。它需要經驗，更需要信念；當然，也免不了要歷經種種坎坷。但是，只要你有勇氣投身於生活的大海，那麼無論征程上有多少困苦、艱險，都是可以戰勝的。

請看一看，他們又是怎樣在生活的急濤凶浪中搏擊的：

十年動亂中，著名的數學家陳景潤長年如一日，在八平方米的天地中鍥而不捨地攻關，人們似乎忘卻了他的存在，但他卻沒有躲避生活大海的波浪，而是在激流中游泳，終於登上了理想的彼岸。

自學成才的青年曹南薇經受了生活大海的種種磨礪。不畏暗礁，不懼漩渦，百折不撓向前游，終於變理想爲現實，被破格錄取爲高能物理研究所的研究生。

人生的大海，浩瀚、壯闊。在這裡有驚濤駭浪、有激流漩渦，有暗沙明礁……然而當你投身於生活的海洋之中，就必須有勇氣有膽量地游泳，這樣，你才會享受到在小小游泳池裡所不能想像到的無窮樂趣。朋友們，熱愛生活的海洋吧，但希望你不要做一個旁觀的「詩人」，說幾句：「啊！大海——多美」的空話，願你展開雙臂，縱身到沸騰的生活的海洋中去，經受大風大浪的洗禮，奮力游到彼岸。

把中心改得更突出

中心明確，是一篇文章的起碼條件。但光明確還不夠，還應當中心突出。中心越突出，給人的印象越深，效果才會更好。因此，修改自己的作文，使之中心儘量突出，是一個很重要的方面。如果原稿本來就不錯，把它改得更好就會錦上添花。

下面列舉的是通過修改，使中心更突出了的作文的原稿與修改稿。

心（原稿）

說實在的，我有一顆嫉妒的心。

上午，趙老師就預告了下午的語文課講評作文。我沈重的心「咚」地落了地。上次，老師要我們寫一篇遊記性散文，我覺得文章寫得挺美，不說內容的好壞，單說那些引用的句子，也該作爲好的標本。

下午，趙老師托著一疊作文本笑盈盈地跨進了教室。作文本的最上面有六、七本作文已經翻開，誰都知道，那是優秀作文。

我的作文不在這裡面吧，不，不可能！我不敢這樣想下去。看著快要發完的作文本，我暗自慶幸，發出禱告：「我的作文本，你爭爭氣吧，千萬不要來。」

「張慧。」

「啊？什麼，是我？」我腦袋「轟」的一下，便什麼也不知道了。

「張慧，拿作文本！」老師提高了聲音又一次的喊著。

我慢騰騰地耷拉著腦袋把作文本拿了下來。

「下面我們開始說作文。」趙老師說話了：「我在裡面選了幾本我認爲好的，現在，我唸一下杜芝的，大家認真聽。」

「……遠處的山峯時隱時現，有高有低，好像大海中盪起的陣陣浪峯。乳白色的霧越聚越濃，緊貼著地面，村莊也害羞地躲進了晨霧之中。濃霧之外，傳來犬吠聲、鵝鴨聲、沈悶的牛叫聲。路邊的小草掛滿了晶瑩的露珠，用手輕輕一揮，便簌簌地往下落……」

我轉過神來，聽著趙老師唸作文。越聽越不對頭，覺得好像在哪裡看見過。我努力地搜尋著，始終得不到證實。

突然，同桌的黃軍驚訝地說：「這不是《濃霧之晨》裡的一段嗎？她怎麼抄來了呢？」

我如獲至寶，趕忙說：「對的！這就是在那上面抄來的。黃軍，你把你抄的那篇文章拿出來對證一下，不很好嗎？」

「不忙，你再聽這一段。」黃軍用手向我示意。

「……只見一個青年擔著滿滿的一擔瓜果，面帶笑容從我身後向前趕來。

「……他回答道：我家五口人，四個勞動力，那空著的就是全家都支持他學習的弟弟。責任承包了五畝多地，我家破例將其地全部種了蕃茄，共計收入五千多元……」

聽著，聽著，黃軍驚喜地說：「這又是在《農家樂》上面抄的。」

我本來就没有看見過什麼《農家樂》，也隨聲附和地說：「對！是登在《讀與寫》上的。」

可能是右邊的寇闊聽到我倆的議論，插嘴說道：「你們在說什麼？」

「評論這篇作文，其實不是她的佳作，而是在《農家樂》和《濃霧之晨》上抄的」我急忙回答道。

「我說嘛！她能寫得出這樣優美的句子，原來是抄的。」

此話，正中下懷，我立刻接上道：「東——拼——西——凑！還值得一唸！」

下課了，我翻開原文一看，愕然了！

心（修改稿）

說實在的，我有一顆嫉妒的心。

把中心改得更突出

下午作文課，趙老師拿著一疊作文本，笑盈盈地跨進了教室。望著那疊本子上面翻開的六、七本作文，我的心禁不住激烈地跳動起來。我彷彿聽見趙老師正在興致勃勃地朗誦我的作文，她自己也陶醉在那優美的詞藻中，同學們也不時發出「嘖嘖」的讚嘆聲，並向我投來一道道敬佩、羡慕的目光。我正想得飄飄然時，同座黃軍用手碰了碰我，我這才驚醒過來。

這時趙老師手裡拿著本作文：「這次作文，同學們寫得都很好，但是杜芝同學進步最大，寫得最好，現在我來唸唸她的作文。」我腦袋「轟」地一聲，眼前直冒金星，過了好一會兒才清醒過來。我頭腦裡冒出的第一個念頭就是：「不，她絕不會寫出這樣的文章來。說不定是抄的！」我突然這樣想。我本無心聽她的作文，但現在我卻全神貫注地聽著，生怕漏掉一個字。

我越聽越不對頭，「遠外的山峯時隱時現，有高有低，好像大海中盪起的陣陣浪峯。乳白色的霧越聚越濃，緊貼著地面……」

這不就是從《濃霧之晨》裡抄來的嗎？還有下一段，不是《農家樂》裡面的嗎？我禁不住心頭一陣狂喜。

「好妳個杜芝，竟敢抄襲，真是知人知面不知心啊！」我洋洋自得起來，連忙向同桌黃軍宣布這個連老師都不知道的祕密。

「真的？」黃軍驚訝地問道。

「哼！這種人，你還相信她？東——拼——西——湊，也只有這點本事。」我鄙夷地說道，同時也掩飾不住內心的喜悅。

在我的「宣傳」下，同學們都竊竊私語起來，教室裡一陣騷亂。老師也停了下來，驚異地問：「出了什麼事？」

黃軍理直氣壯地站起來說：「這是抄來的！」

老師莞爾一笑。

「這是從《濃霧之晨》和《農家樂》裡抄來的。」我迫不及待地補充道。

老師笑了，我心裡好不得意：「哼，這下有妳杜芝好看的了！」

誰知老師卻從講義中拿出了那兩篇文章，微笑著說：「我本來要講這個問題的，同學們既然先提出來了，那麼就說說吧。這篇文章是杜芝同學仿照那兩篇文章寫成的，但可貴之處在於她能推陳出新，這正是她的一個最大優點……」

我不禁愕然了。

把中心改得更突出

41

這篇作文的修改稿是改得比較成功的。好就好在使作文的中心更突出了。在原稿中，雖然開頭就說：「……我有一顆嫉妒的心。」用自責的口氣，點出了文章的中心，但是，在行文中卻未能緊扣這一中心去寫，文中所敍述的一些心理活動，都應該是爲了突出和批判「我」這顆嫉妒的心，以使文章中心更突出地表現出來。但是，原稿在行文中，卻寫到了與突出此中心關係不大的一些內容，比如，從文章對堂上聽老師唸杜芝的作文時的反映來看，有嫉妒之心的不僅僅是我，還有同桌的黃軍，甚至也有寇闊。這樣一來，文章對「嫉妒」的態度就不單是自責，不單是「我有一顆嫉妒的心」，而似乎是「嫉妒之心人皆有之。」這不僅不利於突出開頭所點出的中心思想，而且是沖淡了。而修改稿明顯地改正了這一缺點，自始至終都是敍寫「我」在老師宣讀範文前後的心理活動，沒有牽涉其他人；雖也提到黃軍，但黃軍的表現也是出自對抄襲現象的不滿。這樣。讀完全篇文章，給人的感覺則是「我」之所以認爲杜芝的文章是抄的，之所以廣爲「宣傳」，正是因爲「我」有一顆嫉妒的心。

其次，原稿對老師發作文本之前和發作文的過程中，寫得太細太繁，因爲這些詳細過程的描寫對突出中心作用不大。修改稿則把這些與突出中心關係不大的內容作了較大的刪削，就使中心更爲突出了。

此外，原稿在寫老師宣讀杜芝的《歸家行》的時候，比較呆板，沒有恰當地穿插描寫「我」聽時的心理活動，這也不利於突出文章的中心。而修改稿則在這一部分加强了心理活動的描寫，更好地突出了中心。

當然，僅僅使中心突出，還不是最佳境界，如果把文章改得不僅中心突出，而且所表現的中心更爲深刻，文章則會更上一層樓。就拿此文修改稿而言，光表現「我有一顆嫉妒的心」意義還是比較狹窄的。如果在文章的末尾，即在我「驚愕」自己的嫉妒心理導致的惡果之後，再點上一筆，進一步表現出「我」深深愧悔的心情，或將做出的行動，那麼《心》的主題將會更深化一步：嫉妒心是夾帶謠言的禍水，我們必須牢築思想的長堤。這樣，文章的主題顯然就更深刻一些了。

43

把文章改得中心思想貫穿全篇

語文課上學完寫景單元後，老師要求每人寫一篇寫景的文章。一位同學想來想去，想起了暑假去南京長江大橋玩了一趟，滿有意思，便不假思索地寫了起來。題目定爲《在南京長江大橋上》。由於他平日練筆不夠，寫起來不太順手，便設法堆砌詞藻，但文章寫到結尾，回頭一看，他自己也感到茫然了。看來看去，連自己也不知道要表現的是什麼主題了。於是又冥思苦想了半天，最後在結尾上花了點工夫，說自然的美給了自己對生活美的嚮往，向著美好的未來揚起了風帆。而且，乾脆廢了原題目，改名爲《風帆》。

老師講評作文時，說他題目改得比原先好，但在行文中並沒有扣著題目去寫，只在結尾處點了一點，讓人不好理解，建議他進行修改。

這位同學在修改時，覺得「風帆」很能提神，便以風帆爲中心修改起來。爲了使中心思想貫穿全篇，他在前面寫了幾艘落帆的小船，比喻十年內亂時期的停滯不前，爲後面寫當前的景象作鋪墊，突出今日之美好。寫到這裡，他又想到，殘頹給人以沮喪，美好給人以力量。有了對美好的追求，便會不顧一切地去奮鬥。於是他又寫了一艘帆船頂風劈浪、勇猛前進，一直開進燦爛多彩的霞光裡。這樣就爲後文奠定了基礎。

原稿的結尾，是寫他一個人揚起風帆前進，現在感到有點偏狹了，於是他又改爲迅速發展的時代爲我們揚起了風帆。

經過這樣一改，中心思想一貫到底，使文章頗有氣勢。

請看他修改後的文章：

風帆（修改稿）

吃罷晚飯，我蹬車上了長江大橋。盛夏的江南的晚風，還含著未散去的白天的乾熱，然而卻並不給人以煩躁的感覺。

記得第一次上大橋是在十幾年前，我們家去蘇北農村插隊落戶。一個陰冷的十一月天，第一批下放戶坐的汽車駛過南京繁華的街道。街道上：零亂的磚瓦、破舊的門窗、立著大字報專欄的人行道、搭著批判臺的廣場……為了歡送我們，那天特意做了一番裝飾，但這並不能喚起人們的好感。汽車上了大橋，橋上紅旗飄揚，歌聲震天，車裡卻幾乎沒有人向外看。儘管那時我還小，但從大人們的眼裡、臉上，我也看出發生了什麼事。出於好奇心，我探頭看著長江：江面上有些薄霧，不過，還能看見橋下空蕩蕩的江面上只降下風帆的小船在那裡飄盪。江水流過橋墩，沖出巨大的土黃色的漩渦，一直流進遠處的霧裡……

我們在蘇北經歷了十年的風霜雨雪，如今，又回來了！回到了這座古老的石頭城，我便思想著去飽覽一下它所有的名勝古蹟。

上了引橋，愈走愈高，眼界也愈開闊。夕陽已經落到山下去了，晚霞將整個西天燒得通紅、金黃。霞光輻射下來，為雄偉的長江和富麗的兩岸籠上了一層淡紅的輕紗。剎那間，無論綠的、黃的、白的、藍的都投入了紅色的懷抱之中，呈現出一個色彩斑斕的世界。

那是什麼？啊——紫金山，我的老朋友，這十年你似乎也變得蒼老了。可當我看到你露出孩子般稚氣的臉，舞起陣陣松濤向我歡呼、跳躍時，我看得出你在返老還童。

啊，——揚子江，謝謝，謝謝你爲歡迎我而鼓起澎湃的浪濤；辛苦了，這十年，不，千萬年來，你一直勤勤懇懇、不停息地工作著，滌盪著世間的污穢，淘洗著生活中的泥沙，不容易呀！

這是我第一次真的在江裡看到帆船。滔滔的大江裡，帆船的確顯得太小了。然而，這小小的木船，卻鼓起風帆，破浪而行。大橋在漸漸地往後走，帆船在頑强地前進，向著西天的彩霞前進。船看不見了，只剩下一面面白帆，越行越遠、越行越小，直到開進那絢爛的彩霞裡……

天，黑透了。空中藍澄澄的，星斗、月亮格外的明亮，光明灑向大江，江上的波濤滾滾地翻起金光、銀光，像是爲了歡迎我而舉行的金子、銀子的舞會。帆船上亮起了燈火，行進在江中，彷彿劃空而過的流星。江面上亮著繁密的漁火，隨著滔滔的江水流向廣袤的天際，與藍天合在一起。星斗、漁火溶匯起來，相輝相映，相襯相托，也分不出哪是星光，哪是漁火……

岸邊傳來悠遠的長笛聲，在靜謐的夜空裡迴旋盪漾，將夜空開闊得更加寬廣，深邃……

驀然間，刷地一下，橋上的幾百盞華燈同時亮起來。回眸一看，好不氣派！雄偉的揚子江的頸項掛上了一串星斗連綴成的項鍊，爲它又增添了壯麗的色彩。

晚霞、紫金山、揚子江、帆船、月亮、星斗、漁火、華燈、長笛……在我心中交織成一派聲情並茂的景象。

美好給人以力量。帆船帶著燈光在橋下穿行，溶進夜色中。迅速發展的時代爲我們揚起了生活的風帆，它給我以希望，給我以憧憬，給我以對美好的追求。不是嗎？請看，這雄偉壯麗的長江大橋，就是明證。只要我們一心一意地去美化我們的生活，世界會向我們呈現出更加瑰麗的圖案的，就像那星斗和漁火，分不哪是天堂，哪是人間。

車子順坡而下，我敞開衣襟，把迎面而來的清爽的江風統統地抱在懷裡。車子疾駛著，我彷佛在滔滔的揚子江裡……不，還有雄偉的大橋、富麗的兩岸、古老的南京城、整個赤縣神州，此時，彷佛都與我一起揚起了風帆……

把主題改得更深刻

寫文章都是有目的的。好的文章應該主題深刻，使人讀了有所啓發。比如要寫《童年趣事》這類的文章，從審題要求來看，關鍵在於「趣」。它不同於「有意義的小事」，也不同於「難忘的一件事」。但在這個「趣」中，又必須包含「有意義」與「難忘」。因爲記一件趣事，還不是目的，應該對童年趣事的認識提高一步，從思想上得到教益，知識上有所收穫，才是本文的靈魂。當然要有記敍，記敍是基礎，但也應有點議論，議論是提高。如果說前者是「畫龍」，那麼後者就是「點睛」。只有這樣寫，才不是就事論事，才能把題材深化一步。有一位同學，寫這個題目時，她對「趣」這個關鍵詞是有感觸的，因爲她十分喜歡回憶童年的歡樂。所以老師一寫出《童年趣事》的文題，她便興沖沖地將自己童年時期在新疆生活的那一樁樁有趣的往事端上了作文本。當時還自我欣賞，覺得寫得不錯。但作文本發下來，老師寫得的評語是：「童年的生活寫得逼眞，有情趣，能吸引人；可文章的內容不集中。」這時，她回頭再看自己的作文，確實是只顧把那些自己以爲快樂的趣事寫了一通，有趣倒也有趣，但主題思想卻不夠深刻。

該如何修改呢？她想起了維吾爾族阿姨和她們那金燦燦的烤饢，想起那可愛的維族小夥伴，他們對自己那麼好，而自己也對他們是那麼留戀，這是爲什麼呢？這不正是因爲他們之間深厚的友誼嗎？想到這裡，她根據這新的認識，定爲本文要表現的主題思想，又把原文中那些無關緊要的材料，諸如：「迷人的木屋」、「探險似地爬樹」、「在泉水旁，趕得鴨子呷呷叫」等等描寫，全部删去，毫不吝惜。她又根據材料爲主題服務的原則，從過去有趣的生活中，選入了「吃抻面」、「摔石花瓶」等生動的細節。這些細節既有趣，又能體現她同維族阿姨和小巴郎們的親密無間的感情。寫完後再讀一遍，覺得自己更喜歡他們了。

通過修改這篇文章，這位同學深刻地體會到：要寫好《童年趣事》這類文章，必須學會根據主題和感情線索，對材料進行取捨。只有這樣，才能使文章不至於散而無神。

下面，讓我們一起欣賞一下這位同學修改以後的《童年趣事》，體會一下她修改作文的寶貴經驗吧！

童年趣事（修改稿）

一提起童年，我就會情不自禁地回憶起隨父母在新疆的那段生活……剛一記事，我便和附近的小巴郎（小男孩）滾在一起，雖然語言不通，可我們玩得極熱鬧。我搶小巴郎們的小花帽、小皮靴穿戴上，神氣活現地走東家串西家抖威風，小巴郎們一個個壯得像小牛犢，在後面追我，揪我的小羊角辮，扯我的花衣服。有時，我不高興了，只要一哭喊，他們的爸媽就會趕來護著我。後來我學乖了，只要玩得不順心了，就用哭喊召他們的爸媽來替我出氣。可小巴郎們對此並不在意，過不了一會兒，便又拉著我玩。

人在兒時，總是貪吃的。記得，那時媽媽到學校上班，我自己就跑到美爾阿姨家像尾巴一樣跟著她轉。我最喜歡美爾阿姨烤饢（一種烤製的麵餅）了，她用羊糞蛋兒和木柴把饢坑燒得滾燙，再把有好看的花型的生饢貼進坑裡，烤得黃燦燦，香噴噴！每次烤饟，從頭到尾我都寸步不離。烤熟了，阿姨也總是先選最好看的用紙包好給我。每到美爾阿姨家，我就成了這個家庭的成員，毫無顧忌地爬上土炕大吃一頓。看到媽媽來叫我，我就躲到阿姨背後，大叫大嚷，不肯回去。阿姨總是笑瞇瞇地，連媽媽也要留住。媽媽見拖不走我，又要把自己搭上，只好笑嘻嘻地跑掉。阿姨做的抻麵，特別有趣：我找個頭，吮在嘴裡，一邊往起沾，一邊往肚裡咽。直到站直了身子，可尾巴還長長地拖在碗裡。我們邊吃邊笑，開心極了。

小巴郎們也常到我家來玩，有一次，玩膩了，我想吃糖，可是媽媽把糖盒放在高處。美爾阿姨的小巴郎，搬來凳子，去為我搆糖盒，一不小心，小板凳倒了，小巴郎「叭」地一下摔在地上，桌上花瓶也被帶下來，摔得粉碎。我站在那兒嚇傻了，因為，那是母親心愛的東西，每天都要看、要擦。小巴郎挨了摔，疼也不敢哭，嚇得一轉身跑了。晚上媽媽回來，我的心直跳，低聲對媽說：「媽媽，花瓶摔碎了！」媽媽急了，拉過我「啪」「啪」就打屁股，我委屈地哭開了。媽媽還要打，門「吱啞」一聲，小巴郎哭著進來了，說：「拉（阿）姨，花瓶，是我摔破的，小頻（彬）没有。」正說著，美爾阿姨手裡拿著一個精緻的白瓷花瓶走進來，歉意地說：「馬老師，是巴郎摔了花瓶，我打他了。」媽媽臉紅了：「美爾，妳快拿回去，要知道是他們一塊摔破的，小彬我不會打的。」她們這樣友好地爭執了半天，最後，還是媽媽說服了美爾阿姨。阿姨把我抱到了她家，替我揩去淚水，把酥糖塞了我滿滿一嘴。有了好吃的，我立刻不哭了。一會兒，小巴郎美滋滋地跑進來，口袋裡裝滿了我媽媽給他的糖果，我們對著臉盡情地吃著、樂著，巴掌落在屁股上的事再也不想了。這些童年往事已經過去了幾年，我也隨父母離開了新疆，但兒時的記憶常常把我帶到新疆阿姨和小巴郎們中間。可愛的小巴郎，和善的阿姨，等我走出校門，我一定要爲你們做很多很多的工作。

把選材改得更恰當

有人把文章的中心思想比作文章的靈魂，那麼，表現中心思想的材料就稱得上是文章的血肉軀體了。沒有血肉軀體，靈魂便無所依附。所以中心思想是不能離開材料（具體內容）而存在的，它必須由具體內容來體現。中心思想是蘊含滲透在具體材料之中的。而一定的材料（具體內容）只能表現出一定的中心思想，所以我們要表現一個特定的中心思想，是不能隨便找點材料就寫的，相反，是應當進行認眞選擇的。

有的作文，由於選材或剪裁不當，往往會造成文章中心思想不突出，或者寫人寫事不具體、不生動。那麼，在修改時，就應當在選材和剪裁上下功夫。

例如，有一次作文，題目要求在限定範圍內（寫本校的眞人眞事），並自由命題。有一位同學以《我的同學》爲題寫了一篇作文：

我的同學（原稿）

這天，我像往常一樣，七點多鐘就來到了學校。我推開教室的門走進教室，發現前面位子上坐著一新同學，她正拿著一本書在看，嘴裡還不停地唸著什麼。我懷著好奇心向別的同學打聽才知道，這位新同學名叫茅爲真，剛從上海轉來。從今以後，她就是我們班上的同學了。

我這小仔細地打量她。她衣著樸素，圓圓的臉龐，鼻子上還架著一副眼鏡。我猜想，她一定非常好。以後我得多請教請教她。

「鈴……」上課的鈴聲響了，大家都安靜地坐在位子上等著老師來上課。這節課是班主任楊老師的化學課，楊老師先後叫了幾位同學回答一些問題。這時，只聽楊老師說道：「茅爲真同學，妳來背一下二十個化學元素！」茅爲真同學站了起來，用帶有上海口音的聲音熟練地背出了這二十個化學元素。同學們不斷發出「嘖嘖」的讚嘆聲，用羨慕的眼光朝她望去。她的臉上顯出不好意思的神情。楊老師又說道：「茅爲真同學答得很流利。這二十個化學元素咱們剛學，希望同學們像茅為真那樣，熟練地把這些元素背下來。」茅為真這一位新來的同學，給我留下了深刻的印象。

以後，每天早晨，當我來教室時，都會看到茅為真同學早已在那裡讀外語了。還經常看見她打掃班裡的衛生。她經常得到老師和同學們的讚揚，但從不驕傲。

有一次，我去問她數學題，她向我認真地講了一遍，我還不懂，她就非常耐心地用一些例子來啓發我，直到我把這道題弄懂。茅為真同學就是這樣，不管是誰去問她問題，她都認真地給予解答，直到你弄懂弄通為止。茅為真同學還利用課餘時間為學習差一點的同學補課，使這些同學在學習上都取得了很大進步。

茅為真同學不僅在學習上鑽研，在其他方面也肯鑽。就拿體育來說吧，剛來的時候，她體育不太好。有的項目也達不到標準。但她不灰心，每天很早就到學校跑步。有時看見她拿塊磚在練習投擲。胳膊都練腫了，她還堅持練。終於她在投鉛球這個項目中達到了標準。經過長期鍛鍊長跑，她的八百米跑步也達到了標準。

茅爲直同學在各方面都不怕困難，勇於攻堅，每次都被評爲三好學生，成爲我們學習的好榜樣。

這篇作文，就題目要求來講，是符合要求的。是寫的本校眞人眞事，語言比較通順，層次清楚，中心思想也明確。它告訴人們，茅爲眞同學是一個德、智、體全面發展的好學生。但是，讀後給人的印象是平板的、膚淺的、淡而無味的。是什麼原因呢？主要是選材問題。這篇文章選材不理想，所以雖然也寫了茅爲眞的衣著，寫了她在化學課上的表現，早上讀外語、幫助同學、體育等許多方面的表現，但是選材選得太雜、太略，也不典型，哪一件事也沒寫得具體，沒寫得生動。所以，使人讀後只感到概念化、一般化。而要想把這篇文章寫得具體、生動，關鍵是要能選到有典型性的生動材料加以描寫。正如魯迅所說：「要極省儉的畫出一個人的特點，最好是畫他的眼睛。我以爲這話是對的。倘若畫了全副的頭髮，即使細得逼眞，也毫無意思。」（《我怎麼做起小說來》）。後來，這篇作文的作者，又重新選材，還是寫的茅爲眞，還是眞人眞事，還是要突出茅爲眞的可貴之處，只選了她刻苦鑽研一道幾何題的經過，由於主要內容變了，題目也改爲《七天》。這樣一改，效果就好多了。請看：

七天（修改稿）

這是一個初冬的早晨，天氣冷颼颼的，路旁大樹上的葉子也都掉了許多，花兒早就凋謝了。這一切告訴人們——入冬了。

可是，在通往學校的一條路上卻全然沒有此時大自然的那種「蕭條」和「冷肅」的氣氛，它依舊充滿著活力和生氣。

穿著五顏六色衣服的同學，在快樂地向學校走著，嘴裡還不時地談論著。就在這朝氣蓬勃的人羣之中，走著我要寫的主人翁。

她是一個女同學，梳著齊耳的短髮，圓圓的臉，鼻子上架著一副深度的近視眼鏡。肩膀上背著一個鼓鼓囊囊的大書包，瞧，這也和她的身分相稱！她邁著有力的步子在走著，還不時地用手往上提提書包。

到了教室，她放下書包，從口袋裡拿出兩張寫得密密麻麻的稿紙來，走到一個同學面前。

「昨天，我終於把這道題作了出來，給你。」她笑著說。

「是嗎?!」那個同學帶著驚喜和佩服的口氣說：「茅爲真，你可真夠勤奮的啊！」

茅爲真，我要說的主人翁就是茅爲真。事情就從這道題說起吧。

前些天，班裡轉來個新同學茅爲真，是個三好同學，班上有個調皮的同學想試試她的「真才實學」，接著就費了九牛二虎之力，找來了一道清華附中出的幾何題交給了茅爲真。

茅爲真笑了笑，毫不猶豫地接過了那道幾何題。爲了解答這道難題，她告訴了我幾天來奮戰的情景。

晚上，回到家裡，她把那道題拿出來演算，這是一道多麼費解的幾何題啊。解題的思路正面推導，還是反面論證呢?她算啊，算啊，答案究竟是什麼?她到底没有算出來，或者更確切地說，連思路都還恍惚。第一天就這樣過去了。

第二天，她還是不停地算。但是，答案仍然在和她捉迷藏。

把選材改得更恰當

59

第三天、第四天、第五天，甚至第六天都過去了。在這許多天裡，每到晚上，她沒有停下手中的筆，總是伏在桌上奮力地探索著答案。但這道幾何題卻是那麼「頑强」，總是不肯輕易地低下頭，使得一直被稱爲成積優異的茅爲真有些遜色了。況且六天的寶貴時間，看上去都「浪費」了，所有的努力也歸於「徒勞」。但是，她卻絲毫沒有氣餒，反而更加相信，只要沿著陡峭山路攀登，就能到達光輝的頂點。

這是第七天的晚上。她下決心：「無論如何今晚得戰勝它！」於是一場苦戰又開始了。房間裡靜悄悄的，只有鬧鐘在陪伴著她，她坐在桌前，手裡握著那支紅桿鋼筆，微皺著眉頭在不斷地演算著。

成功，總是屬於勤奮的人的。而幸福和歡樂，則更是那些勇於付出代價而換取燦爛成果人的伴侶！

終於，她成功了。她戰勝了那道幾何題。她是多麼高興啊！

然而，你知道嗎?同學，故事並沒有完，事情的妙處還在後面。

那七天的辛苦勞動，七天的辛勤汗水，換來的是一道根本沒有解的幾何題！茅爲真所算出的結果，正是此題之所以無解的論證。

多麼絕妙啊！你一定讚嘆不已吧。
請大家和我一起記住這句話吧！
——成功在於勤奮。

《七天》雖然只是寫了茅爲眞同學千百事例中的一個，但這費了七個晚上才解出一道幾何題的事，是很有代表性的。所以它可以一以當十，表現了茅爲眞頑强的鑽研精神。這鮮明的個性特點，就十分生動地表現出了茅爲眞的獨特性格。當然，《七天》較之於《我的同學》在構思、語氣等方面尚有不少獨特之處，但在這裡起關鍵作用的還是選材。所以，這一改，文章精彩多了，生動多了。

說到選材問題，應該選擇什麼樣的材料是合適的呢？那就得看文章主題思想的需要。因爲材料是用來表現主題，發揮主題的，所以跟主題有關的可以用上，跟主題無關的就得捨棄。能夠充分表現主題的就要詳寫，只能起輔助作用的就輕輕帶過。總之，要「量體裁衣」，有些材料即使單獨看來很生動，但如果不合主題的要求，也必須忍痛「割愛」，否則就會成爲累贅。關於這一點，作家魏巍在《我怎樣寫〈誰是最可愛的人〉》一文中所談的經驗，很有說服力。在朝鮮時，魏巍曾寫了一篇通訊《自豪吧，祖國》，裡面寫了二十多個他認爲最生動的例子，帶回來給同志們看了看，感到不好，就沒有拿出來發表。因爲例子堆得太多了，好像記流水賬，哪一個也說得不清楚、不充分。他以後寫《誰是最可愛的人》，就只選擇了幾個例子，在寫完後，又刪掉了兩個，成爲膾炙人口的名篇。可見，選材是很重要的。

把文章改得更貼切

所謂「貼切」，這裡是指同學們在寫詠物散文時，借物喻人，或以物象徵人時，要十分恰當，不要使人有生硬之感。

要想做到貼切，首先要對所詠之物有細致的觀察，做到體察入微，才可能對物體做精細的描摹。描摹物體，不但要注意物體的外部特徵（形態、大小、色澤、質地等），還要注意物體的本質特徵（性質、特點等）。只有準確地掌握了物體的外貌和本質特徵後，才可能在文章中準確地反映客觀事物，突出其特徵，並從其中引出深刻的寓意來。

此外，描摹物體的外部特徵和本質特徵，並非詠物散文的目的，目的還是託物言志。在託物言志時，當然離不開聯想，這聯想也必須是恰當的。也就是說，聯想不能離開所詠物體的特徵任意想像，使所詠之「物」與所言之「志」發生脫節。如果脫節，就達不到託物言志的目的了。比如，有這樣一篇作文：

我愛花生花（原稿）

我讀過許多歌頌牡丹、櫻花、梨花之類的文章。然而，我從未讀過謳歌花生花的文章，這也許是因爲我讀的書太少的緣故吧！

當然，幾乎人人都愛吃花生仁，因此也不乏讚美它的人。至於花生花哪，卻很少有人提到過它。不知什麼原因，我卻特別喜愛花生花。

花生花在八月初開始開放，起初，一棵只不過開一朵兩朵的，嫩嫩的，黃黃的，零星地點綴在綠葉之中，並不引人注目。但是，幾天過後，便到了盛花期。那時，如果你從花生地走過，一眼便可以看到那小小的黃花，疏密不均地點綴於那橢圓形的綠葉中，綠中透黃，猶如一粒粒黃金，在陽光照耀下閃閃發光，綠葉也顯得更加鮮綠了。一陣微風吹來，送來縷縷的清香，會使你感到心曠神怡。這時，你會真心佩服這不起眼的花兒了吧！

我第一次見到花生花的時候，還是在三年前。一次，我和母親路過花生地的時候，偶爾看到有星星點點的小黃花，我好奇地走到地邊，剛剛伸手去觸摸那小黃花，母親就忙說：「別動！」

「爲什麼？」我疑惑不解地縮回了手。母親說：「花生的花，不像桃花、梨花、瓜花什麼的，又是實花，又是空花的。花生花卻不是那樣，它們都是實花，一朵小花一個花生。剛才要是你摘了那朵花，地下的那個花生也就不長了……」

這時，我才恍然大悟，似乎瞭解了它。心想：原來花生花與衆不同。雖然花朵不大，顏色不美，不如牡丹、桃花之類艷麗迷人，但它實實在在，我以爲這正是它的美麗所在。

母親好似看透了我的心思，嚴肅而認真地說：「孩子，做人也是這樣啊，要做『實花』，不要做『空花』，只給人以外表的美，可內心卻是空虛的。」

聽了母親的一番話，我的心久久不能平靜。這番話，一直印在我的腦海深處，使我不得忘記。

從此，我對花生特別喜愛。看到它，我好像看到了世界上所有言行一致表裡如一的人的光輝形象。

這篇作文，託物喻人，意在通過歌頌花生花，雖然花朵不大，顏色不美，但卻是實花，一朵小花一個花生的特點，歌頌那些「實實在在」的人。這個意思是很好的，選材也很新穎，但在行文中，有的地方不甚貼切。比如，文章結尾說：「從此，我對花生花特別喜愛。看到它，我好像看到了世界上所有言行一致表裡如一的人的光輝形象。」文章在前邊對花生花的描寫是：「花朵不大，顏色不美」。作者之所以喜歡花生花，是因爲它「開花必結果」。如果概括其特點的話，則應是「樸實無華，實實在在」之類才對。但作者用以喻人時，卻用「表裡如一」來概括，顯然是不妥當的。因爲「外表與內心一致」才叫「表裡如一」。同理，用「言行一致」來概括，也不甚貼切，因爲「言」字在前文中沒有著落。這樣以物喻人，而未能抓住「物」與「人」的內在聯繫。所以，使人感到牽强，當然就影響了文章的效果。

此外，在語氣上也多有不貼切的地方。例如：「要是摘了那朵花，地下的那個花生也就不長了」。這句話給人的印象似乎是要摘的「那朵花」和地下的「那個花生」是同時存在的。這是與事實不符的。事實上是花生花先在地面上開花，花謝之後，墜入地下，然後發育成爲花生。所以，按文中的說法，就不合乎邏輯了。

對這樣的不貼切之處，在寫初稿時，由於精力集中於全局的構思、描寫，往往顧及不到。但初稿草成後，應細心推敲，反覆斟酌，以期把這類語句修改好。

下面請看這位同學對此文的修改：

我愛花生花（修改稿）

人們常常頌讚爛漫的櫻花，雍容的牡丹，聖潔的白蓮，我卻要讚美貌不驚人的花生花。我覺得平凡的花生花，蘊藏著另一種美。

花生的花，一般在七月開，青青的花生株上，露出一點點鮮黃的嫩苞。清晨浴著露水，濕漉漉的；中午，反射著陽光，亮晶晶的。就在這時，小苞綻開了！一朵兩朵，嬌小而醒目地點綴在萬綠叢中。幾天後，到了盛花期，那時，你若從花生地邊走過，一眼便可見到那些小小的黃花疏密有致地灑在橢圓形的綠葉中，綠中透黃，猶如翠綠的大氈子上，鑲著粒粒金燦燦的寶石。微風過處，送來縷縷清香，沁人心脾。

花生花沒有婀娜的姿態，看上去的確比不上櫻花、牡丹、白蓮……不過，記得一位名人說過：不是因爲美麗才顯得可愛，而是因爲可愛才顯得美麗。我也並非初次看到花生花就愛它，我對它產生特殊的感情，由來是這樣的——

三年前，我和媽媽路過一塊花生地，看著那星星點點的小黃花，我好奇地走過去，剛想伸手去採一朵玩玩。

「不要採！」媽媽制止我。

「爲什麼？」我迷惑不解地縮回手。

「花生的花，不像桃花、梨花。花生的花沒有一朵『空花』，開一朵花，就結一個果。你摘掉一朵，就要少長一個花生。」

「是真的？」

「媽還會騙你，孩子！」

媽媽的話使我感到驚奇，同時也引起了我的深思：開花必結果，多可愛的小黃花！千千萬萬朵小黃花默默地開，悄悄地謝，最後鑽入土裡長出千千萬萬顆噴香的花生，奉獻給人們！

從此，我對花生花產生了特殊的感情，每看到它，我就聯想到那些樸實無華、不慕名利、勤勤懇懇、踏踏實實，有一分熱就發一分光的人。

經過修改，原稿中不貼切之處基本上修改過來了。最後用「樸實無華、不慕名利、勤勤懇懇、踏踏實實，有一分熱就發一分光」來概括，就與花生花「開花必結果」的這一特點相一致了。對「花」和「果實」的關係部分，改爲「花生的花，沒有一朵『空花』，開一朵花，就結一個果。你採掉一朵，就要少長一個花生。」這樣就能準確地反映事物面貌了。

這些不貼切的毛病改過來了，文章比初稿提高了一大截兒。

把紊亂的結構理順

一篇文章，無論是記敍文、議論文還是說明文，都要條理清楚，才能使人看明白。如果結構紊亂，理不出頭緒，即使有再好的內容，再生動的語言，也會使人摸不著頭緒。尤其是說明文，如果說明事物的順序是紊亂的，就會大大影響說明效果。請看下邊這篇作文：

針灸（原稿）

針法俗稱「扎金針」，就是用比頭髮稍稍粗一點的不銹鋼針刺進人體的皮膚或肌肉裡，刺激淺部或深部神經，達到治病的功效。灸法是用一種燃燒的物品，通常是艾草，放在皮膚上燃著。這是藉比較集中的溫熱，刺激表皮神經纖維，引起反射作用。針灸是一種醫療方法，它分成針法和灸法。

針灸之所以能治病，主要是由於激發和調整身體內部神經的調節和管制的機能。爲什麼激發和調節了神經的機能就能把病治好呢？

人體是多少萬萬個細胞的大集體。這些細胞之間，有很嚴密的分工和組織：分有消化、呼吸、循環、運動、排泄、生殖等部門。這些部門都由神經統一管理和調節。因此平時各部門之間，能互相配合，遇到各種不同的情況，能產生適應的變化。比如有許多維生素缺乏症，實際上並不是由於食物裡面完全缺乏維生素，而是由於體內吸收那種維生素的機能不夠的緣故。這種吸收機能的減弱，又常常是由於它相關的神經機能有些失常所致。因此許多患這類病的人，不需要吃維生素豐富的食物，而只要針灸就能收到很好的效果。針灸就是激發和調節神經的調節機能和管制機能的。比如天熱的時候，體表的血管就擴張，出汗，使熱量很快散放，防止體溫上升；天冷的時候則相反，體表的血管收縮，毛孔緊閉，汗毛豎起，使熱量減少散放。防止體溫降低。這種變化都是由神經來指揮調節的。身體的功能如果受到損害，但神經系統健全時，就能在身體內部引起一種應變的反應，進行抵抗，使受損害的功能得到恢復。

針灸的治療範圍很廣，它對於神經性疼痛有特效，對關節炎、慢性腸胃病、神經衰弱等疾病，可以起主治作用。針灸還有很强的預防作用。它對患貧血病的人能增殖紅血球，對體弱的、白血球減少的病人能增加他的白血球，增强抵抗力。

針法和灸法的作用是一樣的，都要在人體中的一定部位，用針或灸來刺激。這種部位，人們叫它「穴」。人體有四百八十個穴位，有少數穴位是能針不能灸，或能灸不能針的；也有少數穴既不能針，又不能灸。針法和灸法可以單獨用，也可以配合起來。

在針刺時必須注意術者的手、工具和病者皮膚上的消毒；尋找穴道要根據人體的解剖部位；不能隔著衣服或在病人站著或坐臥不穩的時候，就隨便針刺。

由於針灸是我國醫學上的一種寶貴的遺產，它積累了豐富的經驗，並且使用簡便，節省藥品，所以爲廣大勞動人民所歡迎。

當然，針灸不是萬能的。神經能否指揮體內抗病、修復代償的機能，還需要依靠身體的其他條件，並受其他條件的一定限制。比如要有足夠的體力可供調度，受損害的程度還沒有到不可恢復的地步。

這篇說明文，內容還是比較充實的，語言也比較準確、簡明。但有一個很大的缺點，就是結構比較紊亂。從整體來看，文章要說明的幾個大的方面比較紊亂；從小的方面看，有不少段落內部的說明順序也不清楚。因此，大大影響了對針灸治病這一事理的說明。

這篇文章，如果按照人們認識針灸治病的邏輯順序，應該先說明什麼叫針灸，再依次說明針灸的作用、針灸的治理範圍、針灸治病的原理、針灸受歡迎的原因及其局限，就會一清二楚。這樣介紹，符合人們的心理要求，寫起來也順理成章。

就文章的局部來看，第一段的最後一句話「針灸是一種醫療方法，它分成針法和灸法」，是對「針法」和「灸法」的總說，應該放在對「針法」和「灸法」分別說明的前邊。

在第三段的「針灸就是激發和調整神經的調節機能和管制機能」這一句，是說明針灸的效果的，應當與上邊「而只要針灸就能收到很好的效果」這句話合起來。

改爲「而只要針灸，就能激發和調整神經的調節機能和管制機能，收到很好的效果。」

此外，整個第三段的順序都比較亂。這段的意圖，是要先說明神經系統與人體各部門的關係，然後分別說明神經系統正常時怎樣，機能失常時又怎樣。而所舉的例子則弄顚倒了。「比如天熱的時候，體表的血管很快擴張……得到恢復」這一部分，應當調到「比如有許多維生素缺乏症……」前面，層次就淸楚了。

第六段著重寫的是「術」者的注意事項，雖然也與介紹「針灸」有關，但從本文的寫作目的來看，是寫給不懂得針灸的人看的，而不是寫給針灸醫師看的，因此是沒有必要的。完全可以刪掉。

最後一段的結尾太倉促，應增加「這樣，針灸才能起到治病作用」之類的結束語，使文章有頭有尾，結構更完整些。

下面，我們把這位同學按以上意見修改後的定稿閱讀一下，體會一下文章條理的重要性。

針灸（修改稿）

針灸是一種醫療方法，它分成針法和灸法。針法俗稱「扎金針」，就是用比頭髮稍粗一點的不銹鋼刺進人體的皮膚或肌肉裡，刺激淺部或深部神經，達到治病的目的。灸法是用一種燃燒著的物品，通常是艾草，烘灼皮膚，藉比較集中的溫熱，刺激表皮神經纖維，引起反射作用。

針法和灸法的作用是一樣的，都要在人體中的一定部位，用針或灸加以刺激。這種部位人們叫它「穴」。人體有四百八十個穴位，有少數穴位是能針不能灸，或能灸不能針的；也有少數穴位既不能針，又不能灸。針法和灸法可以單獨使用，也可以結合使用。

針灸的治療範圍很廣，它對神經性疼痛有特效，對關節炎、慢性腸胃病和神經衰弱等疾病，療效也很好。針灸還有很强的預防作用，能使患貧血病的人增殖紅血球，使體弱的、白血球減少的病人增加白血球，增强抵抗力。

針灸之所以能治病，主要是由於它能激發和調整神經的調節和管制機能。

爲什麼激發和調整了神經的機能就能把病治好呢？

人體是由多少萬萬個細胞組成的大集體。這些細胞之間，有很嚴密的分工和組織：分有消化、呼吸、循環、運動、排泄、生殖等部門。這些部門都由神經來統一管理和調節。平時各部門之間，能互相配合，遇到意外的情況，也能產生相應的變化。比如天熱的時候，體表的血管就擴張，出汗，使熱量很快擴散，免得體溫上升；天冷的時候則相反，體表的血管收縮，毛孔緊閉，汗毛豎起，使熱量減少散放，免得體溫降低。這種變化都是由神經來指揮和調節的。身體功能一旦受到損害，如果神經系統機能健全，就能在身體內部引起一種應變的反應，進行抵抗，使受到損害的功能得到恢復。又比如有許多維生素缺乏症，實際上並不是由於食物裡面真的缺乏維生素，而是由於體內吸收那種維生素的機能不健全的緣故。這種吸收機能的減弱，又常常是由於與它相關的神經機能失常所致。因此許多患這類病的人，不需要增加維生素，只要針灸，就能激發和調節神經的機能，收到良好的效果。

針灸是我國醫學的寶貴遺產。我國醫務工作者在這方面積累了豐富的經驗。由於它療效顯著，使用簡便，節省藥品，所以一直爲廣大人民所歡迎。但是，針灸也不是萬能的。神經在指揮調節體內抗病、修復代償的機能時，還需要依靠身體的其他條件，並受這些條件的限制。比如，要有足夠的體力可供調度，受損害的程度還沒有到不可恢復的地步。這樣針灸才能起到治療作用。

從以上改稿來看，要把文章的條理寫（改）得清楚，也不是很難的事情。任何事情都有自身的規律。我們在對它進行敍述和描寫說明時，只要善於抓住事物本身的條理，加以敍述、描寫和說明，結構就是有條理的。

比如要說明事物的構造，就可按事物本身的構成部分的順序來寫：或由上到下，或由前到後，或由主要到次要一一寫來，順序就十分清楚。

如果是說明或介紹生產技術或工作方法這一類的事物，則可以按照生產或者工作的程序來寫，自然也會一清二楚。

總之，事物本身或我們認識事物都有其自身的規律，只要我們善於按照被說明或敍述、描寫的事物自身的規律、層次、條理去說明，文章自然就是順序清楚的。

把文章改得詳略得當

一篇作文，在安排材料時，一定要考慮到哪些地方應當詳寫，哪些地方應當略寫。一般來說，重點處要詳，需要展開時要詳；非重點處要略，不需要展開時要略。記敍文寫的事件要詳，議論文中所說事實要略。直接表現中心意思的地方要詳，只是交代性的文字要略等等。當然這都是一些原則，實際運用起來還要仔細考慮。

一篇作文，如果當詳的不詳，文章就會枯燥，或中心思想不突出；如果當略的不略，文章就顯得囉嗦臃腫。所以我們必須認眞修改，把文章改得詳略得當。

比如，有位同學有感於黑格爾的讀書習慣，寫了一篇作文，題目是《黑格爾讀書習慣的啓示》。由於他寫前沒有經過深思熟慮，甚至要表現什麼主題思想也不明確，就動筆寫了，所以材料寫了一大堆，應當詳寫的又幾筆帶過，給人以蕪雜的感覺，眞可謂當略者不略，當詳者未詳，使人不知所云。下面，我們先看看這篇作文，然後再分析一下這樣的作文應當怎樣修改。

黑格爾讀書習慣的啓示（原稿）

古今中外的許多名人，大多喜好讀書。在他們看來，有個良好的讀書習慣是他們多讀書、讀好書的保證。

大哲學家黑格爾讀書時，養成了一種獨特的習慣，就是凡讀過的東西，他都要在活頁紙上認真地做摘錄，然後把摘錄加以分類，放進貼有標籤的袋子裡。長年累月地廣泛讀書，細水長流地做讀書摘錄，使黑格爾的知識越來越豐富，寫出了許多著名的哲學著作。這就説明了養成良好讀書習慣的重要性。

培養良好的讀書習慣，可以使我們學到更多的知識。人的精力是有限的，而社會上的書籍、報刊，卻浩如煙海，所以我們不可能一一閱讀之，而這也是不必要的∩正確的方法就是：需要哪類的，就多看看與這方面有關的刊物。如學語文，就要多看看《語文報》、《語文學習》、《語文月刊》之類的東西。這些可以提高我們的語文水平。但是，要成爲全面發展的人才，就必須多看其他的書，掌握多手材料。這些書，有極少一部分要細看，絕大部分要略看。徐特立說過：「不動筆墨不讀書。」略看的這些書就需要我們養成摘錄的習慣，摘取其中我們需要的東西，這樣才能做到事半功倍。反之，什麼都細看，不管有用無用的都抄上一大篇，到頭來只能是事倍功半。所以，養成摘錄的習慣對我們中學生來說尤爲重要。

培養良好的讀書習慣之所以重要，是因爲它可以使我們掌握良好的學習方法，提高學習效率。良好的讀書習慣養成了，就可以使我們更加充分利用時間，學習效果會更大。我們平時看書時也需要這樣，有了一個好的讀書習慣，就可以有選擇地讀一些書，讀一些好書，這樣，知識不斷積累，學習效果自然也就提高了。

黑格爾的讀書習慣還給我們一個啓示，就是：總結前人的成果、注重知識的積累，就能有所突破和創新。馬克思、恩格斯平時就很注重積累。馬克思在大英博物館裡一待就是一天，他從浩如煙海的書籍裡吮吸著知識，寫出鉅著

《資本論》，又和恩格斯一起吸收費爾巴哈的理論，創立了辯證唯物主義。

當前，我們高中生的學習任務尤爲繁重，就更要養成一個好的讀書習慣。我們寫的文章要引人入勝，就必須養成摘錄的好習慣，隨看隨用，這樣才能提高寫作水平。

要反對那種爲摘抄而摘抄的習慣。摘抄的目的是爲了豐富知識、積累素材，不是只爲了寫文章時能從中抄上一點，更重要的是，它可以使我們知識日趨豐富、視野更廣，更好地成爲一個有用之材。

寫《黑格爾讀書習慣的啓示》這篇作文，應該就黑格爾的讀書習慣，抓住其中的某一點或某幾點，聯繫實際，發展開來，寫出自己所受到的啓示。因此，既要交代出自己是從黑格爾讀書習慣的那一點或那幾點中受到了啓示，又要使自己所啓示的內容與這一點或這幾點緊密聯繫；同時，自己的作文要有明確的中心思想，談「啓示」時所引用的材料要能充分說明自己的觀點，凡能有助於突出作文的中心思想的要詳寫，反之，則略寫或不寫。但是，這篇作文在這兩方面都有明顯缺點的。關於第一點，前邊他談到黑格爾的讀書習慣有兩個特點：一是「摘錄」，二是「分類」。因此，開展和議論應從這兩點上去著筆，而原文卻只在「摘錄」上發了一些議論，把「分類」這個重要方面忽略了。這裡犯的是當詳不詳的毛病。關於第二點，這篇作文也缺乏明確的中心思想。既然是談黑格爾讀書時善於摘記和分類對自己的啓示，本應圍繞這方面的內容去談，而作文卻在第三段用了大量篇幅去談應該讀什麼書，以及略讀與精讀等問題，這就又犯了不當詳而詳的毛病，顯得累贅、臃腫。要想修改好這篇作文，就得在這兩方面下功夫。

下面，請看這篇作文的修改稿。

黑格爾讀書習慣的啓示（修改稿）

大哲學家黑格爾讀書時，養成了一種獨特的習慣，就是凡讀過的東西，他都要在活頁紙上認真地做摘錄。然後把摘錄加以分類，放在貼有標籤的文件袋裡。以後無論用到哪一條摘錄，都能信手拈來。

黑格爾的讀書習慣並不像他的辯證法那樣深奧吧，但可以肯定地說，如果没有這樣的讀書習慣，就不可能產生那高深的辯證法。這貌似繁瑣的讀書習慣，實際上是一種高效率的讀書方法。

據說，深圳到處插有這樣的字牌：「時間就是金錢，效率就是生命。」經濟建設需要高效率，而讀書學習又何嘗不是如此呢？古代先賢說過：「讀書如吃飯，善吃者長精神，不善吃者生痰瘤。」（《隨園詩話》）「善吃」與「不善吃」，就是一個讀書方法問題。看到黑格爾的讀書習慣，我不禁又想起了徐特立和培根。在讀書方法問題上，這三位大家的確有異曲同工之妙。

先說徐特立的「不動筆墨不讀書」吧。這「動筆墨」也有黑格爾的「做摘錄」在裡邊。讀書而不動筆墨之風，在我們同學中仍很盛行。我曾聽到有個同學得意地說：「我兩天就讀完了《斯巴達克斯》，怎麼樣？」當我問及具體情節時，則答曰：「忘了。」這樣讀書，除了能作爲向他人吹噓的資本外，有什麼裨益呢？有句諺語說得好：「最淡的墨水勝於最强的記憶。」所謂「過目不忘」，是經不起時間潮水的沖刷的，等到作文時，臨渴掘井，只換來滿頭大汗。古人早已發出「書到用時方恨少」的感慨，直到現在，我們還在「恨」。此恨何時了啊！

培根這樣說：「我們不能像螞蟻一樣，只知道收集。」這話用於讀書，我的理解就是要分類。不要不管什麼東西，只要拖進窩裡就算了，這是螞蟻的作法。要想取得高效率，不是光動動筆墨就行了，還要像黑格爾那樣，在這個基礎上分類、整理。有位學者這樣說：「凡讀書分類，不惟有益，且兼省心目。」因爲摘記多了，也會形成一個不小的「文山」，查找起來不比在書海中搜尋更省勁。黑格爾在這方面做得很好，他終於成了偉大的哲學家。我們要是也這樣做了呢？

朋友，您不是感到書海茫茫，無從問津嗎？您不是有「讀書萬卷而到用時卻兩手空空」的苦衷嗎？從黑格爾的活頁紙和文件袋上，您得到了什麼啓示？

這篇修改稿一開始提出了黑格爾讀書習慣的兩個特點：摘錄和分類。下邊就以此爲中心開展，談自己受到的啓示。其中心思想是要說明：黑格爾的讀書習慣是一種高效率的讀書方法。爲了說明這個觀點，文章又聯繫徐特立和培根的事例，分別說明做摘錄和分類的重要意義。使黑格爾的讀書習慣和自己所受到的啓示前後照應，順理成章。這篇修改稿與原稿相比，其優點是：

一、當詳的詳了。全文是從「摘錄」和「分類」兩方面展開議論，談自己受到的啓示的。這就改正了原稿中只談「摘錄」，忽略「分類」的毛病。

二、當略的略了。與表現文章主題無關的第三段基本删去了，割掉了臃腫部分。

這樣一修改，中心明確，層次分明，不蔓不枝，前後照應，看後使人受到不少啓發。

把文章改得更真實

我們都有這樣的體會：自己不瞭解的人，自己不熟悉的事，一定寫不好。所以，寫作文應該選擇自己最熟悉的人或事來寫。只有你對這個人這件事十分熟悉，印象很深刻，寫的時候才容易寫好。道理很簡單，因爲我們寫的文章是實際生活在我們頭腦中反映的產物，像人照鏡子一樣，沒有實際東西，鏡子裡又怎能反映出來呢？如果你硬要去寫不熟悉的東西，勢必空洞、抽象，而且不眞實。

學過《一件珍貴的襯衫》後，老師讓同學們學習課文的寫法，自由命題寫一篇作文。爲了練習倒敍和首尾呼應的寫法，可以由一件自己認爲有意義的物品寫起。有一篇題爲《一個日記本》的作文，開頭是這樣寫的：

我有一個日記本，紅色塑料皮兒。打開第一頁，兩行秀麗的小字便映入眼簾：「祝你好好學習，天天向上。表姐贈。」每當我看到它，表姐那熟悉的面影就浮現在眼前。

接著，文章寫了五件事：

一、暑假到鄉下姥姥家，沿途看到一片大好形勢。

二、表姐歡迎「我」，當天兩人共同制訂「暑假學習計劃」。

三、晚上，兩人到水田裡去捉泥鰍。

四、同表姐結下了深厚的友誼。

五、臨別時表姐車站送行，含淚贈本。

結尾段是這樣寫的：

事情雖然已隔一年，但每當我捧起日記本，表姐臨別時隔著車窗對我說的話又迴盪在耳邊：「讓我們在學科學的道路上共同前進吧！」

作文有頭有尾，層次清楚，內容也算具體。但有個最大的毛病，就是顯露出思想的局限和生搬硬套的痕迹，缺乏生活氣息。老師再看看其他同學的作文，全班有二十幾篇都是寫的日記本，而且情節雷同，語調相似。當老師問這篇作文的作者所寫的是不是眞事時，回答是：「都是現編的。」這編出來的東西，連自己看著都不好意思，怎麼能感動別人呢？於是，在老師的指導下，這位同學回憶了暑假中那段有意義的生活，選定了以捉泥鰍爲中心，以小玻璃燈爲線索，寫了一篇反映眞實生活的作文。受到了同學們的歡迎。請看：

小玻璃燈（修改稿）

每當我看到小孩兒們手中提的燈籠時，就想起了一盞小玻璃燈。它，雖然掛在百里以外表姐的牀頭，卻時時在我的眼前閃亮。

去年暑假，我隨舅舅來到了鄉下姥姥家。那是一個長滿白楊翠柳，四面還有很多水田的小村莊。一進門，表姐就迎上來，拉著我的手問這問那，可親熱啦。她雖然比我大兩歲，可個子比我矮，敦敦實實的。大顴骨，圓臉，眼珠微黃，可眉毛漆黑，粗粗地排在高高的眉骨上。表姐可愛笑啦，笑起來還愛像男孩子那樣用手直抓耳後的頭髮。

她領我去看給我準備的牀鋪，和她頭頂著頭，中間有一張矮矮的方桌，排滿了書。牆上掛著一盞小玻璃燈，這是個用十幾根竹筷子綁紮而成的小方燈，四周的玻璃，好像都能來回抽動。中間，立著半根紅紅的蠟燭。我想，這裡都已經用上電了，怎麼還有這玩意兒？可能是小時候的玩具吧？可也沒好意思問。

中飯時，有一碗魚特別好吃，刺又少，問了姥姥，才知道是表姐逮的泥鰍。表姐二口兩口扒完飯，挺神氣地對我說：「噯！小霞，今兒晚跟我去逮泥鰍吧？這時節，我們這兒的水田裡，泥鰍可多啦！一到晚上，它們就爬出洞，在水田邊乘涼，找吃的，燈一照呀，一動也不動。真的，任你挑任你揀，還有這麼大個兒的，你去不去？只要不怕黑！」我高興地點點頭，逮魚可比吃魚更有味兒啦！我於是盼著天快黑。

晚飯一下肚，我就催著表姐快去，表姐卻取下牀頭的小玻璃燈，細心地擦拭著，老半天，才抽開玻璃，點上蠟燭，又從桌上摸出兩把竹鉗，再到窗根拎來兩個小魚簍，幫我繫在腰間，這才拉著我的手，朝村外走去。

月牙兒，自打吃飯那會兒躲進雲層裡，就再也沒有出來。星星，似乎也跟著它溜跑了。田野裡，靜悄悄，灰濛濛的。只有表姐手裡的那盞小燈，把田裡的水，照得一晃一閃地發亮。

我跟著表姐，順著田埂往前走，透過水光，看見了留下道道水紋的泥地，還有幾尾比豆兒大不了多少的小魚兒，搖頭擺尾地游動呢！真好玩兒！忽然，表姐站住了，我往燈下看去，只見一尺多遠的水中，有根兒大人手指那麼粗的東西，半浸在泥裡，活像一截爛草繩。表姐用左手手指在嘴上比劃著，讓我別吭，右手把燈遞給我，順手抽出竹鉗，慢慢伸向水面，待接近水皮兒時，才猛地往下一插，一條泥鰍被夾了上來，擰著身子亂動，往四下裡甩著泥點兒。還沒等我看仔細，表姐就扔進了魚簍。我的興趣更濃了，自個兒提著燈找了起來。一會兒真的讓我找到一條，我也學著表姐的樣兒，抽出竹鉗，挨近，猛地夾了上來。嗬！這條可比表姐逮的大多啦，足有笛子那麼粗呢！我正想細看，不知咋搞的，它一扭，我的手一抖，又掉了下去，在泥裡亂拱著想溜，幸好表姐大笑著趕來，一把鉗住，扔進我的魚簍裡……

這一晚收穫可真不小，我倆每人都逮了十幾條，泥鰍在魚簍裡蠕蠕地動著。回來路上，儘管褲腳、衣襟都被泥水濺濕了，可我還是捧著魚簍看個没完。一不留神，踩到水田裡，布鞋變成了泥靴，表姐又大笑起來，還直用手撓頭皮，不料竟在脖子上抹了一把泥。我也大笑起來，從來没有這麼開心過。這笑聲，伴隨著閃閃的燈光，往田野四周盪去，一定傳得老遠，老遠，因爲，月牙兒，也被驚嚇似地，從雲縫裡露出臉兒來……

現在，我雖已回城多日了，可還時常想起那個月色朦朧的夜晚，想起那盞小玻璃燈。好幾次夢中，我又隨著表姐，提著燈，順著田埂，慢慢地走著，走著，去探索那神祕的水田，去尋找那無盡的樂趣。

你看，修改後的這篇作文，多麼生動感人，簡直把人寫活了！老師讀給同學們一聽，同學們都說，這是個「眞的人」了。

從這位同學修改作文的例子中，我們受到的啓發是：不熟悉的東西不可能寫好；要寫，就應該去熟悉它。寫作文一定要以自己的眞實生活爲基礎，切忌胡編亂造。

魯迅曾在《葉紫作〈豐收〉序》中說：「天才們無論怎樣說大話，歸根結蒂，還是不能憑空創造。描神畫鬼，毫無對證，本可以專靠了神思，所謂『天馬行空』似的揮寫了，然而他們寫出來的，也不過是三隻眼，長頸子二三尺而已。」對於這種不是以生活爲基礎而編造出來的文章，魯迅批評說：創作「假使以意爲之，那就絕不能眞切，深刻，也就不成爲藝術。」魯迅這些話，對於我們寫作、修改作文，也同樣有指導意義。

把文章改得更感人

中學生採訪先進人物，不論是到被採訪者單位或家中去訪問，還是把他請到學校作報告或座談，由於接觸的時間不會很長，不可能像專業作家或專業記者那樣長時間的從各個方面來瞭解人物，而只能就一兩次訪問或座談所得來寫。因此，訪問記在不少同學的筆下容易寫得單調乏味，行文也容易平板呆滯。很先進的事迹，很感人的精神，寫出來卻不大能感人。怎樣才能避免上述毛病，把訪問寫得生動活潑、形象感人呢？有兩點技巧是很重要的：

一、是要恰當運用繁筆和簡筆，使之各得其宜，各盡其妙；

二、是要善於在記敍過程中適當穿插議論和抒情。

有位同學在訪問了特等殘廢軍人鄭挺後，寫了《一雙最美的手——訪鄭挺》一文，雖然文從字順，交代清楚，個別文句也寫得比較生動，但總的看來，卻使人覺得不僅重點不突出，人物的精神境界也發掘不足，人物形象不夠生動，而且行文也比較呆板，讀後不太感人。後來，作者根據老師講評作文時重點介紹的這兩種技巧，進行了較大的修改。增加了必要的繁筆，適當地穿插了抒情，人物形象頓時活了起來，栩栩如生，躍然紙上。讀起來自然就很感人了。請看其原稿與修改稿：

一雙最美的手——訪殘廢軍人鄭挺（原稿）

一九八二年十二月八日，古城蘇州已是初冬，屋外寒氣籠罩，但在蘇州中學寬敞明亮、素靜雅致的外賓接待室中，卻洋溢著融融的春意。

長方的會講桌旁，圍坐著校長、教導主任、滄浪文學社負責老師和成員，以及被譽爲「生活的强者」的全國「三好」學生姚珧同學。他們都懷著尊敬、仰慕的心情望著坐在中間的一位敦厚、儉樸的中年男子。

此刻，他在微笑著謙虛地談著自己的經歷，講到激動處，他微微地揚起了手，哦！那是怎樣的一雙手啊！兩隻手沒有一根手指，從腕到掌只有三、四公分長，像女同學戴的那種沒有指頭的手套再短一點的形狀一樣。他就是特等殘廢軍人鄭挺同志。

朝鮮戰場上，他的雙腳和這雙手就這樣殘廢了。然而，這是一雙多麼不平凡的手，敬愛的周總理曾親切地握過這雙手，還語重心長地對他說：「你爲人民獻出了手腳，這是光榮的，但要堅强起來，做一個真正的人。」這是一雙有力的手，虎口剪開了，爲了拿起筆來寫字。大姆指骨增生，他就用這一小截骨頭夾煙，夾茶杯的邊，還用這雙手和兩條假腳每天騎十幾公里的自行車，二十多年來從未間斷；這雙手是雙智慧、靈巧的手，它不僅能寫字，還能繪畫設計花樣，從一九七六年起，鄭挺同志設計了許多花樣，其中二十一只被評爲優秀作品，他晉升爲無錫印染廠花樣設計師，被評爲省勞模。

今年年初，中央軍委會發出了一個通知：凡是殘廢軍人如果退休回家，能多發給三、四十元撫恤費；如果不退休，那麼工資待遇照舊。面對這件事，鄭挺召開了家庭會議：「國家頒布這樣的通告，是對我們這些人的關懷，但我不能坐享國家的關懷，想想那些革命烈士，他們每年只享受一個花圈，我有什麼理由不爲人民繼續工作呢？」

看著桌上那一塊塊鮮艷美麗的花布，那翺翔的海燕，盛開的花朵，再看看那雙殘缺的手，我們都非常激動。姚珧同學說：「我雖然也有傷殘，但手腳都靈活，我要向鄭伯伯學習。」「啊，我們互相學習，」他謙虛地說。老師們真誠地希望他保重身體，取得更大的成績。

我們行將結束訪問，鄭挺用他那雙過去握著槍桿保衛人民生活，現在提著畫筆美化生活、挖掘美、創造美的手簽下了剛挺俊秀的名字。

啊！他有一雙最美的手。

創造奇蹟的人——訪鄭挺（修改稿）

右手，五指全無，手掌截去三分之一，只在虎口處有一個小叉；左手，差不多一樣，只是多了小半截大拇指。這是一雙不能稱之爲手的手。然而，由這雙手設計的花布圖案，卻是那麼逗人喜愛；它獲得了全國花布圖案設計一等獎，贏得了無數姑娘的青睞。

這是奇蹟，絕對是的！那麼創造奇蹟的人是誰？他，就是截去十指和一雙小腿的特等殘廢軍人、無錫市印染廠的花布設計工程師鄭挺同志。最近，他應邀來我校作了一次感人至深的報告。爲了更好地向鄭挺同志學習，我們滄浪文學社的成員在學校接待室裡採訪了他。

截去下肢的人我曾見過幾個，大都坐在輪椅上，他們灰白的臉色總使人感到有些頹唐。可鄭挺同志，舉止精幹而不乏軍人氣質，紅潤的臉上透露出樂觀的神情。他，正襟危坐，面帶微笑，親切地望著圍坐的老師和同學。是的，他就是最可愛的人！

「鄭挺同志，」膽大的同學率先「開了火」，「您的事跡深深感動了我們。您是否和我們談談是什麼力量推動著您戰勝傷殘，取得這些成績的？」

鄭挺同志端起茶杯，呷了一口。那熟練的動作簡直使人不敢相信他的手僅有三分之二的手掌！他放下茶杯，和我們談開了：

「同學們，戰場上戰友之間的感情你們是沒法體驗的！尤其當親眼看到戰友倒在身旁的時候。因此，小王的犧牲給我的震動特別大。」他所說的小王，是當時他們連隊的通訊員。爲了掩護鄭挺等傷員同志，他奮不顧身對空射擊，引開敵機，最後犧牲在敵機的機關炮下。

「我想，」他接著說，「我們跨過鴨綠江爲的是什麼？是維護正義、保衛和平！是使我國人民能安心建設祖國呀！因此我想，爲完成烈士未竟的事業，我不能輕生，我一定要活下去……」

鄭挺同志沈思了一下，接著說：「回國不久，敬愛的周總理專程看望了我們。當時我躺在病牀上。總理輕輕握住我的手腕，仔細察看了我的兩條殘腿。他對我們說：我相信你們這些鐵的戰士是不會躺下的……頓時，一股暖流傳遍了我的全身……」

說著說著，鄭挺同志眼裡閃現出激動的淚花。是啊，他不但肩負著犧牲了的戰友的囑託，而且還肩負著敬愛的周總理殷切的期望啊！

停了一下，鄭挺同志從口袋裡掏出煙盒，用左手的小半截大姆指和殘掌夾出一支香煙，交到右手虎口夾住，再用左手利落地取了一根火柴劃著了火點上，吸了幾口。「鄭伯伯，」一位有點靦腆的女同學問：「您是怎樣走上花布設計道路的？」

鄭挺同志看了看大家，微笑著說：「身體康復後不久，我就用殘廢的手掌學會了自理生活，並練習寫字。我想，我不能白吃人民的大米，我總得掌握一種爲人民服務的本領。不久，我寫了一篇作品，但是很快就吃了『彈簧』，讓編輯退了回來。」他的幽默引得我們哈哈大笑。「看來，搞文藝創作不行，我就學畫畫。我以前在讀初中時給班級裡的牆報畫過插圖和報頭，有一點點基礎。我先在無錫市工人文化宮美術班學習了半年，又堅持自學了三年。我克服了許多困難，熟練地掌握半各種畫具，終於勝任了花布設計工作……同學們，那時我的心情真是激動得難以用言語來形容啊！」

冰凍三尺，非一日之寒。鄭挺同志取得這樣的成績，幾句簡單的話豈能概括得了？但是，我們從鄭挺同志質樸的談吐中，卻不難窺見一個身殘志堅的復員軍人奮力搏擊的精神。

採訪在進行。老師、同學都提出了一些問題，表達了決心向鄭挺同志學習的願望。鄭挺同志謙遜地說：「我做得還不夠，要向同學們學習，向姚珧同學學習！」寬敞的接待室裡，始終洋溢著熱烈親切的氣氛，攝影師在旁邊不時攝下一個個動人的鏡頭……

鄭挺同志向我們告別了。不少同學擁上前去，掏出心愛的筆記本，請他簽名留念。鄭挺同志欣然同意，用右手虎口夾住鋼筆，迅速地簽了一本又一本。簽完之後，他的假腿邁著堅定的步伐，走上了汽車，同我們揮手告別。

我久久凝視著筆記本上「無錫市印染廠鄭挺」八個大字。字如其人。那「鄭挺」兩字顯得多麼挺秀、有力！當我擡起頭時，汽車已載著鄭挺同志駛上了人民路。啊，鄭挺同志乘上了時代的車子，朝著光輝的目標，奔向勝利的明天……

修改稿爲了突出鄭挺的感人事蹟，幾處用了繁筆。例如，爲了突出他創造奇蹟的力量源泉，寫他掌握爲人民工作的本領，堅持學畫的堅强毅力，不惜筆墨，較多地寫了他對戰友的深厚感情；寫了他爲完成烈士未竟事業，一定要活下去的決心；寫了他回憶當年周總理對他的鼓舞。這些細緻的描寫，集中體現了鄭挺的高貴品質和精神境界。通過運用繁筆，大大增加了感人的力量。再如，鄭挺創造的奇蹟，是通過他的一雙舞弄畫筆、揮灑丹青的手來突現的，爲了突出他這雙非同尋常的手，修改稿一開始就用工筆細緻地描寫，以後又多次反覆地描寫這雙手的利落動作，短短一篇訪問記，竟先後四次寫他的手。通過對雙手的反覆描寫，也就寫出了鄭挺的最大特點，刻畫了一顆堅毅而高尚的心靈！而對座談會上的氣氛和師生表示向鄭挺學習的願望，以及對鄭挺那傷殘的下肢，則運用了簡筆，一筆帶過。由於繁簡得當，就使行文避免了平板單調而顯得生動活潑。

寫先進人物，當然首先要寫好人物的先進事蹟，以其生動事蹟打動人心。但是，「情動於中最感人」，要想感動別人，首先要感動自己。作者對這種先進事蹟和精神品質不是無動於衷的，必然有自己的認識和態度。而自己感受愈深，寫出的文章就會愈加感人。因此，在行文中適當穿插抒情或議論，不僅是作者感情的自然發抒，而且必然會收到感人至深的效果。比如，修改稿在敍寫鄭挺學畫成功之後，緊接著寫了這樣一段：

冰凍三尺，非一日之寒。鄭挺同志取得這樣的成績，幾句簡單的話豈能概括得了？但是，我們從鄭挺同志質樸的談吐中，卻不難窺見一個身殘志堅的復員軍人的奮力搏擊的精神。

這一段飽含强烈感情的議論，既深刻地揭示了鄭挺的高尚精神境界，又給人以强烈的感染。它把前面那具體生動的描寫所蘊含的人物精神，火光熠熠閃耀在讀者面前，取得了良好的表達效果。

寫訪問記之所以要運用抒情和議論，也是因爲先進人物在講述自己的事蹟時，往往態度很謙虛，有些事例說得很質樸。因此，我們在據以描述的同時，必須借助議論和抒情加以渲染、强調和深化，把它的本質意義揭示出來，以達到更能教育人的目的。

把文章改得更有新意

寫作文最忌平庸而貴有新意。比如說，學校開了運動會，老師讓以運動會爲題材自由命題寫篇作文，你既寫了隆重的開幕式，又寫了緊張的百米賽跑，還寫了驚險的撐竿跳高……但是，細讀一遍之後，只是覺得熱熱鬧鬧，缺少點新鮮東西。這時，你就應該考慮，如何把作文改得更有新意。

有一位同學，就是在這樣的情況下，利用原素材，重新構思，改出了一篇使人耳目一新的文章的。這篇作文，雖然還是寫運動會，但他卻一反原稿的寫法，既未著眼於寫那緊張激烈的競賽場面，也未著力於去寫體育鍛鍊的意義，而是集中寫了一位同學帶病爲集體爭光，以極大的毅力把同班運動員帶出好成績的一個鏡頭。然而文章通過這一特寫鏡頭的描述，通過作者的切身感受，讚頌了這位同學的高尚品質，讚頌了同學之間的眞正友誼。修改之後，從立意上看不落窠臼，獨樹一幟，大大深化了主題。

下面我們先欣賞一下這篇修改稿：

淚，你流吧！——運動會紀實（修改稿）

真遺憾，由於感冒，加上咽喉疼痛，上午没有到校，没能看到運動會開幕時那壯觀的景象，没能走在我班入場式的行列中，盡我微簿之力。

下午，病略好些，想像中的熱烈場面已不能滿足我的慾望了，我帶病參加了運動會，大有觀看恨晚之慨。且不說場上運動員那你爭我奪、不甘落後的精彩鏡頭，也不說觀衆那歡呼雀躍的興奮景象，單說運動員之間的友誼，就足使我激動，催我淚下。

我班的王紅紅同學論跑步是穩拿冠軍的，不幸前幾個月患了肺炎，現在剛剛痊癒。運動會上她仍勇敢上陣，奪得女子四百米第二名。然而，更艱難的一關——一千五百米還在等待著她。跑一千五百米，既要速度，又要耐力，可王紅紅已覺體力不支，就同陳秀同學商量好，決定帶陳秀同學跑一段，然後自己下場，讓陳秀去奪魁。

「砰！」一聲槍響，女子一千五百米比賽開始了，最令人難忘的一組鏡頭也從這開始了。只見別班的一個同學猛地衝出去，暫居第一。不想當冠軍就不是好運動員，我班同學也要拚一拚。王紅紅突然加速，箭步如飛，「噌噌噌」，眨眼功夫已跑到最前面。但她邊跑邊回頭，觀衆是很難理解這步步回頭的意義的。陳秀心中有數，一鼓作氣跟上去，步步緊跟。當她倆遙遙領先的時候，王紅紅毅然走下場去。觀衆不禁愕然了，人們哪裡知道她肺炎剛好，正拚出力量帶別人啊！剛走出場她就支持不住了，向下倒去，人們跑上去扶住她。當她能站起來，首先想到的還是同學。她走到終點，爲同學加油鼓勵，這是多麼可貴的精神啊！陳秀同學很感動，馳騁於運動場，越跑越有勁。觀衆的「加油」喊聲不停，他們在爲健兒呼喊，在爲强者歡歌。我嗓子雖然疼痛，也禁不住拿出全部力量大聲呼喊：「加油！」陳秀果然不負衆望，奪得第一名。她走下場，來到王紅紅身邊。她們的手緊緊握在一起，默默地一句話都没説，卻各自落下了眼淚。她們周圍立刻鴉雀無聲，知情的同學們無不爲她們的精神所感動，個個熱淚盈眶。

我默然了，感冒使我覺得身上發冷，但此刻我卻感到我的心，不，所有同學的心都是熾熱的。此時的淚水就是她們的語言吧？淚水道出了她們說不盡的心裡話。但此時我眼含的熱淚又怎能流露出我的感情，是激動？是祝願？是對王紅紅的身體惋惜？還是爲她的舉動自豪？……暫不去管它吧，哪種表達友愛的感情不在這淚水中蘊藏呢？

淚，你流吧，你盡情地流吧，讓我們捧起這飽含溫暖的熱淚去慰藉那受過創傷的久渴的心田吧！你流到地上，去滋潤泥土，在大地上撒下友愛的種子，讓整個世間充滿互助友愛吧！

這位同學修改作文的實踐對我們的啓發是：寫作文只是做到詞句通順，寫得生動還是不夠的。尤其是寫散文，關鍵的一著，是要有新意。走別人的老路，說別人的舊話是沒有意思的。當然這並不是說別人寫過的不能再寫，而是應該在寫同一題材時，寫出自己的新鮮感受或獨特見解。這樣的文章對人才更有吸引力。

怎樣才能使文章有新意呢？在同樣的背景、同樣的素材的情況下，如果你選材的角度新一些，不落窠臼，那麼，「俗」材料也能翻出新意。這就如同攝影一樣，會照相的同學都知道，取景的角度，往往決定著一幅攝影作品的成敗，在這點上，作文與攝影也有同樣的道理。

比如，當我國女排破天荒地奪得了世界冠軍，在全國掀起了「女排熱」時，一位同學要以這個素材寫篇作文，但是對這類大家都熟知，也都寫了不少文章的素材來說，怎樣才能寫出新意來呢？他翻閱了很多報刊，發現同類作品中，絕大部分是大場面描寫，什麼奮戰過程啦，平時苦練啦，升旗狂歡啦等等，用的幾乎都是廣角鏡頭，甚至魚眼鏡頭。這些氣勢磅礴的場面雖然激動人心，但已經被大家多次寫過了，而且這也不是我們中學生能夠從容調度的，寫出來必然吃力不討好。後來，在老師的啓發下，他把鏡頭轉向他周圍的人和事：女排奪魁那個傍晚，媽媽不是破例讓他看電視了嗎？書呆子爸爸不也破例坐在電視機前流下了淚水嗎？還有華僑老爺爺以及鄰居們，也都一反常態，十分關心女排的勝負了。這些材料雖然平凡，但能夠「小中見大」地體現愛國主義思想在新的時代迸發出新的火花這樣一個積極的主題，而這些「瑣事」又是自己親身經歷的，生活氣息濃，容易使讀者產生親切感，自己也容易駕馭。這樣一想，他豁然開朗，角度問題解決了，這篇文章題目和立意就自然地來到了眼前。他於是把題目定爲《破例》，在整體布局、確定線索諸方面，也都服從於這一新的角度要求，把看電視的過程全部略去，讓文章在球賽開始前戛然而止。這樣就可用「一滴水的光芒」反映出「火紅的太陽」。文章寫出來以後，果然不錯，獲得了全省中學生作文競賽一等獎。

當然，要使文章有「新意」，動筆前，要對所寫的事物有深刻的理解，在深刻理解的基礎上，選擇好新的角度，再設計好理想的表現形式，綜合各種因素，才能寫出有新意的文章來。

需要特別强調的是，文章要寫得有新意，還不僅僅是個方法問題，更重要的是思想水平和寫作修養問題。平時要不斷提高自己認識問題、分析問題的能力；經常讀些好文章，讀後研究研究人家的文章好在哪裡。如果光靠提筆時冥思苦想，是不會有很好的效果的。

把文章改得更含蓄些

很多同學愛寫散文。好的散文應該不僅寫得思想深刻，寓意深遠，同時也應當有濃郁的詩意，深摯的感情。優秀的散文作家都曾指出過：眞正的散文是充滿詩意的，詩一樣的散文才是好散文。高爾基也幻想著一種新的文學體裁——和詩相結合的散文。他說：「我們的青年是否也可以試一下，熱情地用散文來寫人們，使得散文也自然而然地變成詩。」現代著名散文家楊朔的散文（如《荔枝蜜》等）往往就具有詩的詩點，意境優美，想像清新而豐富，形象明朗而含蓄。這就是說，散文不宜平板地照相式地照搬生活，也忌一覽無餘地摹擬現實。它應該以巧妙的構思，給人留下耐人尋味的餘地。

這樣的標準，中學生能達到嗎？事實證明，只要努力，又不厭其改，就不是高不可攀的事。下面，我們先看一篇中學生寫的《落葉》初稿。

落葉（原稿）

我站在車站的路旁向遠處眺望，但出現在我眼前的卻是另一番景象。一片一片的綠葉，像蝴蝶拍打著金燦燦的翅膀，綿綿地、靜靜地飄向原野，飄向小巷，飄落在人們的身旁。

我拾起一片落葉，展開了無邊的遐想……哦，秋葉已枯黃。但你曾以一抹淺綠、幾絲鵝黃、片片陰涼托起了春之魂、夏之光、秋的金黃……

哦，落葉，我拾起你，便是拾起一片金黃的思想。你懂得新老交替的永恆，你的飄落不是標誌著衰老，而是孕育著新生的力量。你爲大地披上了一件金色的衣裳。

我希望那些同志（指那些掌握大權，但已喪失工作能力或身體多病的老幹部）多想想落葉的思想，使我們的社會更加繁榮、富强。

這篇短小的散文，出自一個中學生之手，應該說已經是不錯了，作者由落葉展開聯想，想到了自然界的客觀規律，想到了落葉的思想，想到了目前掌權又喪失工作能力的多病的老幹部……想像力很豐富，主題很明確，有時代感。

但是，仔細推敲，似又覺得有點不足。不足在什麼地方呢？作者在老師的啓發下，自己多問了幾個爲什麼？

作者爲什麼要想寫落葉呢？事情是由於早上起來，看見路上鋪了一層落葉，他就想：是道路怕冷吧？所以，又多添了一件金色的衣裳。後來，他又看到來來往往的人都踩在落葉上，落葉也不叫一聲苦。一天早晨，他在汽車站等車時，像有人和他開玩笑一樣在他頭上輕輕摸了一下。他抬手一抓，一片梧桐葉，像爸爸的手一樣。他心裡一熱，就想寫寫它。

當時想寫落葉，是否就只想表現愛爸爸的感情呢？當時他把落葉拿在手裡，也想到了其他老幹部，可不知怎麼下筆。正巧這時，廣播裡傳出一則消息：××礦的老礦長主動讓賢後，仍大力支持新礦長的工作，使這個礦提前完成了國家計劃。於是他靈機一動，就想以落葉的枯黃來勸諫老幹部主動讓賢。

但樹葉和老幹部之間是否有內在聯繫呢？他又想到二者之間是有共同點的。樹葉春天發芽，夏天成長，秋天衰落，這和人一樣都符合從生到死新陳代謝的必然規律。樹葉以它的綠色美化了生活，以蔭影給人以涼爽，以光合作用維持大自然的生態平衡給人以氧氣。而老幹部們南征北戰打下江山，立下戰功，這都和樹葉一樣，值得歌頌。可是，他看看自己的初稿，最後一段說：「我希望那些同志（指那些掌握大權，但又喪失工作能力或身體多病的老幹部）多想想落葉的思想，使我們的社會更加繁榮、富强」。這「希望」裡多的還是對一些人的不滿，並非出自對他們的謳歌。而這與當前的大批老幹部自動退居第二線的「落葉」精神是不符的。

想到這裡，他又聯繫到早上聽到廣播裡播出的那則消息，想到老幹部退休，給新幹部以施展才能的機會。而他們再從旁幫上一把，使新幹部更迅速地成長起來，這不正像落葉化爲肥料，以供來年綠葉生長一樣嗎？因此，文章的基調應當定到這上面來。

但他又一想，如果直接把落葉和老幹部二者類比，實地寫出來，雖然明白清楚，但似乎缺乏散文的韻味，像一杯白開水，淡而無味。他聯想到課上學過的散文，如《荔枝蜜》中，作者晚上做了一個夢，夢見自己變成了一隻小蜜蜂的含蓄的結尾。那些散文，主題深刻，含而不露，耐人尋味，這才是優秀散文的特點，想到這裡，他又決定把文章結尾再修改得更含蓄、更深刻些。

下面，我們再欣賞一下他的修改稿吧：

落葉（修改稿）

我站在車站的路旁，向遠處眺望，在我眼前閃耀的——一團霞光，點點金黃。

一片、一片的落葉，像蝴蝶拍打著金燦燦的翅膀，綿綿地、靜靜地飄向原野，飄向大道，飄落在人們的身上。

我拾起一片落葉，展開了無邊的遐想……

哦，秋葉已枯黃。但你曾以一抹淺綠、幾絲鵝黃，片片蔭涼托起了春之魂、夏之光、秋的金黃……

哦！落葉，我捧著你便是捧起了一片金黃的希望：你懂得新老交替的永恆；你的飄落不是標誌著衰老，而是爲了讓嫩芽更好的萌發，萌發中再孕育新的理想。

落葉啊，你把自己交給了濕潤的泥土，讓活力和生命在土地上生長、延伸；讓雜質和私念在泥土中腐爛、死亡。啊，落葉，我捧著你，如同為大地母親捧著金色的新衣裳。

——我捧著一片落葉，捧著一片金黃的希望……

把文章改得更吸引人

好的文章當然是引人入勝的。但怎樣才能使文章引人入勝呢？俗話說：「文似觀山不喜平」。要想使文章能抓住讀者的心，很重要的一點，就是不能平鋪直敍。如果是寫事的，要有曲折的情節，波瀾起伏，能撥動起讀者的心弦；如果是寫人的，則要有思想，有行動，栩栩如生，讓讀者留下深刻印象；如果是寫物的，也應當抑揚頓挫，錯落有致，讀來使人感到跌宕起伏，頗有情趣。當然，這是比一般把事說清楚，把話說明白更爲高一些的技巧，因此，不容易運用自如。

下面，我們以《火柴盒》的修改爲例，看看作者是怎樣通過修改，使文章更吸引人的。

火柴盒（原稿）

用完火柴，我常爲火柴盒感到遺憾：三四釐米見方，小得一點點，除了裝火柴還能裝什麼呢？既然没有用，價值又不高，只得帶著惋惜之情將它扔了。

我從來没想過它到底有什麼用，因爲它小得不起眼，又不像精美的糖果盒還有點欣賞價值，也不像皮鞋盒之類的盒子質地硬，容量大，可以裝東西。每想到這些，扔掉它也就算了。

後來，在「勤巧的雙手」活動中，不知誰想到了用火柴盒做小玩意兒，我也試做了一只「沙發」。仔細打量，竟是那麼笨拙，便一腳把它踩扁了。從此，我便斷定它是十足的廢物。

不知在什麼時候，繼「集郵熱」，又掀起了「火花熱」，我那集郵迷的弟弟又迷上了「火花」，說是和集郵一樣有價值。打這以後，我腦子裡便有了「火柴盒上的商標還有用」這個概念，至於火柴盒本身，我仍然以爲是無用之材。

奇怪的是隔壁張師傅常來向我討火柴盒。有一次，我索性把廢紙簍裡的火柴盒統統找出來給他。當時我還笑他「像個拾拉圾的」。可張師傅說：「一兩只當然派不上大用場，把它收集起來，用處可不小呢。」

有一天，我在張師傅家門口看到圍了一大堆人，就好奇地擠進了人堆，只見地上平攤著一張據說是由火柴盒做芯子的圓台面，我懷疑它的耐壓程度，張師傅就讓我站上去試試看。一踩上去，竟紋絲不動，和整塊木板做的沒有兩樣。我驚愕了：火柴盒還有這麼大的用處。

我懂了：「聚沙成塔，集腋成裘」。是啊，在生活的江河中，那些微波、細浪、漣漪，聚在一起不就成了巨浪嗎？我們學習知識不也是如此嗎？如果學一點，丟一點，不加積累，終究也不會有所成就的。

這篇作文，是受賈平凹的《醜石》和秦牧的《菱角》的啓發，力圖用欲揚先抑的手法，通過自己思想認識上發生的變化，由此及彼地說明一個道理的。但由於作者對此手法掌握得還不熟練，不能運用自如，所以有爲「抑」而「抑」的傾向。而對文章的層次、情理等方面則推敲不夠，寫出來的文章也就不能吸引人。例如文章的第二段說「我從來沒想過它到底有什麼用，因爲它小得不起眼，又不像精美的糖果盒還有點欣賞價値，也不像皮鞋盒之類的盒子質地硬，容量大，可以裝東西。每想到這裡，扔掉它也就算了。」這段意思與開頭段說的是一個意思。因而倒使人覺得重複囉嗦。第三段是想通過說「小製作」的笨拙來表現對火柴盒的「抑」的感情。但這「笨拙」只不過是自己工之不善所致，遷怒於火柴盒也是無用的。因此也是欲「抑」而未能奏效。沒有眞正的「抑」，當然起不到反襯「揚」的功效。所以，作者想通過先抑後揚，使文章感情造成波瀾，結果卻是煞費苦心，毫無效果。

但是，這位同學並未灰心，在老師指出了他這一缺點之後，又對初稿進行了較大的修改。請看：

火柴盒（修改稿）

每當火柴用完之後，我常常爲這空空的盒子感到遺憾：三四釐米見方，小得可憐，用它盛東西吧，能裝多少呢？既然沒啥用，只好將它扔到廢紙簍裡去。

不知什麼時候，在「集郵熱」之後又掀起了「火花熱」。我那「集郵迷」的弟弟又迷上了「火花」，說是把火柴盒上的商標揭下來收集與集郵同樣有意義。於是，在我頭腦裡便有了「火柴盒的商標還有用」這個概念。至於盒子本身，我仍然以爲是無用之材，因爲它實在太小了。揭去了「火花」，更不起眼了，不像精美的糖果盒還有點欣賞價值，也不像裝皮鞋之類的盒子那樣質地硬，容量大，可以存放物品。

奇怪的是隔壁張師傅家的女兒小玲卻跑來向我要火柴盒，我便給了她幾只。問她要來幹什麼，她只是說：「保密」。幾天以後她給我看一只小巧的「五斗櫥」，外面用赭色臘光紙糊著，還有五只抽屜，精緻而又逼真。我好奇地輕輕地拉開抽屜，一看才知道：是用火柴盒做成的。多漂亮的小製作！頓時，我感到有點吃驚，原來火柴盒也能派上用場。不過，我以爲它也許就只能派上這點小用場了。

然而更奇怪的是：張師傅也跟我討火柴盒子了。那我索性把廢紙簍裡的火柴盒統統翻出來給他。心裡想：「張師傅真是童心未泯，恐怕是爲他愛女做什麼大型玩具了。」因此，我邊翻邊開玩笑：「張師傅，你是小製作工廠的採購員吧！」「嘿嘿，我要用它派上大用場哩！」看他眉飛色舞的。

有一天，我正要下樓，張師傅把我叫住了，並且讓我幫他把一只圓台面順便帶到樓下。一看這龐然大物，我不由得吸了口冷空氣：「這？沈沈的，我能提？」「哎……試一試再説嘛！」我將信將疑地用力一提，確實很輕。「咦？怪事。怎麼這麼輕？」「夾板中間的芯子就是你供應的寶貝——火柴盒！」「火柴盒？」我著實吃了一驚，想不到在張師傅的手裡，它真的派上了大用場。到了樓下，我還懷疑它的實用性，便平放在地上，又在上面踩了一會，嗬，如履平地，紋絲不動，正如張師傅所説的「小材可以大用嘛」，我信服了。

真想不到，小小的火柴盒竟有這麼大的用處。原先我看不中它，是因爲其小，現在由無數的「小」卻組成了無數窮的「大」，它充分發揮了作用。火柴盒是這樣，人也莫不如此。社會之宏大正需要千千萬萬各種各樣的人才，大材固然重要，而「小材」也可以爲大。物盡其用，人盡其才；同心同德，團結奮鬥，則中華之騰飛亦指日可待了。

在修改稿中，第一段是「抑」：火柴盒沒啥用。第二段從行文中看則是「揚」：收集火柴盒上的商標與集郵同樣有意義。這是一個波瀾。但同時又寓「抑」於「揚」，再通過與其他盒子的比較進一步强調了它的無用，又是一個波瀾。第三段寫了小玲的「五斗櫥」，「頓時使我吃驚」，又是一「揚」，又形成一個波瀾。而段末一句：「不過，我以爲它也許就只能派上這點小用場了。」又是一「抑」，再形成一個波瀾。在這裡，既有思想變化，又抑揚頓挫，錯落有致，使文章波瀾迭起，引人入勝。此後，文章又寫火柴盒可以充當圓台面的材料，並進一步寫出了「著實吃了一驚」的原因，也避免了平鋪直敍，很有生活情趣。篇末，文章寫道：「眞想不到，小小的火柴盒竟有這麼大的用處，原先我看不中它，是因爲其小，現在由無數的『小』卻組成了無窮的『大』，它充分發揮了作用。」眞可謂水到渠成，見微知著，感受亦在情理之中了。

一篇不到千字的文章，談的只是普通的火柴盒，然而由於作者能小用技巧，使之跌宕起伏，不是也很有引人入勝的力量嗎？

把文章改得更美些

一篇好的散文，無論是寫景也好，抒情也好，都應當是美的，應當能給人以美的享受，給人以向上的力量。

然而，要達到這樣一種境界的確不容易。有的同學，在習作過程中，由於經驗不足，往往顧此失彼。這沒有關係，只要認眞修改，是可以逐步達到更高的境界的。

這裡有一篇題爲《橫江夕照》的作文，對比其原稿和修改稿，很能說明這個問題的。我們先看原稿。

橫江夕照（原稿）

橫江——城外一條小河。水流緩慢，清澈見底，深度適宜，成了我們游泳的理想場所。

游泳・嬉鬧

一到夏天，我們一羣夥伴總喜歡去游泳。一會兒仰泳，一會兒俯泳；一會兒潛入水底，一會兒浮上水面，盡情地游著、唱著。大家最歡喜的還是在水中比賽，不是比扎猛子，就是比游得快。比輸了，不服氣，就在原地打水仗，打了水仗，又互相對戰。總要游到精疲力盡，才躺在河灘邊柔軟的沙灘上休息。

夕陽・游魚

躺在沙灘上，面對夕陽，美麗極了。對岸的山峯，被夕陽光線遮攔著，顯出渾厚蒼勁的輪廓。你若瞇起眼睛，變換著角度去看，就會捕捉到輪廓線上不斷變幻著的繽紛的色彩，就像對著太陽看三稜鏡一樣。

清清河水裡，倒映出了夕陽，是長長的一串，金光閃閃，動人極了。遠遠的河面上游來了一羣白鵝，「呱呱呱……」的叫聲，像一羣流氓在吵架、狂嗥，真大殺風景。

夕陽慢慢地沈下去了，一切都消散了。唉！「夕陽無限好，只是近黃昏」的詩句，多麼真切。人的一生不正是這短暫的一刹那嗎？

這篇作文，單就寫作技巧來看，是有一定水平的。作者用不長的篇幅就爲我們畫出了「游泳・嬉鬧」和「夕陽・游魚」這兩幅栩栩如生的畫面。孩子們那「一會兒仰泳，一會兒俯泳；一會潛入水底，一會兒浮上水面，盡情地游著、唱著」的樂觀景象；那清清河水中，倒映出的夕陽「長長的一串，金光閃閃」的美景，躍然紙上。景寫的是美的，觸景也生了情。然而，不足的是所抒之情不能給人以美的享受和上進的力量。例如：正在河灘邊欣賞「動人」的「金光閃閃」的夕陽時，上游來了一羣鵝。按理講，羽白、鵝歌、紅掌、綠波……正爲「金光閃閃」的夕陽烘托出一幅有聲有色的絢麗背景，對此人們一定會產生更加興奮之情的，然而文中卻把羣鵝比之爲「流氓」，視叫聲爲「狂嗥」，而產生「大殺風景」之感。這種厭惡之情與當時美好之景很不和諧。這樣的抒情，是不能給人以力量，給人以興奮的。再如，面對「夕陽西下」這一自然景象，文章引用李商隱詩句「夕陽無限好，只是近黃昏」之後發出「人生短暫之悲嘆，這也給人以消極悲觀之感，所以這篇作文，如果從思想藝術兩方面衡量，應該說是不成功的。後來，作者作了如下修改，下面請看這篇文章的修改稿：

橫江夕照（修改稿）

橫江——休寧東門外一條普通的小河。那水流緩慢，河水清澈，深度適宜，成了我們游泳的場所。特別是當我發現了橫江上夕照的美景後，我簡直成了「游泳迷」。夏秋兩季的傍晚，你只有在橫江才會覓到我的身影。

每到這兒，我總要同夥伴們盡情的嬉戲。扎猛，比時間；游百米，比速度；跳水，比膽量；捉迷藏，比智慧……當然，玩得再高興我也不會忘記觀察太陽的移動，因爲正是爲了這美妙的夕陽，我才每天到這裡來。一旦夕陽落到依河而立的山峯上，我便趕緊游到山對面的河岸上，舒舒服服地躺在柔軟的、熱呼呼的沙灘上，盡情地領略夕陽下的一切。

對岸的山峯，被夕陽的光線遮攔著，顯出朦朦朧朧的渾厚、蒼勁的輪廓。但你若瞇起眼睛，變換著角度去看，就會捕捉到輪廓線上不斷變幻著繽紛的色彩。就像對著太陽看三稜鏡一樣。山腳下，立著一尊幾丈高的石頭菩薩，在這聖潔的光中，似乎正安詳地思索著什麼。山頭上那座寶塔，據說是用來征服惡龍的「釘子」，如今正披著金光，巍峨挺立。

清冽的河水裡，倒映出夕陽，是長長的一串，就像一串小小的金黃色的氣球似的，在水裡飄浮著。隨著河水的蕩漾，金色的氣球一會長，一會扁，不停地改變著形態，使人覺得那夕陽是極富彈性的。忽兒，一陣風吹縐了河水，氣球刹時散開了，化成了千萬條金魚在水中漫游。面對這美景，我似乎覺得自己也變成了一條游魚，投入了橫江的懷抱。

遠遠的河面上，浮來了一羣白鵝。夕陽在它們長長的靈巧的脖子上套上了一個個金圈。它們時而展翅撲打著水面，掠過道道金波；時而對著夕陽快活地叫著……感謝夕陽的恩賜。這正像駱賓王描述的一樣：「鵝，鵝，鵝，曲頸向天歌，白羽浮綠水，紅掌撥清波。」

還有，渡船上簡易的斗篷、艄翁那飽經風霜的臉龐、河裡戲耍著的夥伴、磚牆瓦頂的新農舍……在這夕陽下，都鍍上了一層濃濃的瑰麗色彩，就連那縷縷的炊煙，夕陽也沒有忘記給它鍍上一條赤色的邊……

夕陽終於依依不捨地沉了下去、沉下去、沉入大山的懷抱裡去了。一切、一切都失去了剛才的色彩，漸漸黯淡下去。每當這時，我就會感到一種極大的滿足，同時又感到一種極大的不滿足。我多麼希望夕照的時間長一點呀。

把文章改得更嚴密

寫議論文，不僅要論點明確，論據確鑿有力，而且要論證嚴密，使人感到無懈可擊，才能達到以理服人的效果。如果在論點或論證的任何一方面出問題，都會影響文章的效果。因此，寫完一篇議論文，應當力求把它改得更嚴密些。

下面，我們先看一篇論證不甚嚴密的作文：

說「磚」與「樓」（原稿）

每當一幢幢高聳入雲的大樓建成時，你的感想如何？是讚嘆，爲之傾倒？是興奮，爲之高興？誠然，兩者都不錯。但在讚嘆、興奮之餘，回顧一下，無疑將有助於今後的改進與提高。

很顯然，磚是建大樓的必備材料，沒有它，再好的設計圖紙終將是圖紙乃至變成一張廢紙，建樓也便是句空話。由此可見，建築材料不可缺少。對於建樓來說，磚是個基礎，沒有這個基礎，要達到結果（樓），是不可思議的。

事物的發展有個從量變到質變的過程，只有量的積累達到一定程度，才能有事物性質的變化，建大樓離不開磚，不正是這樣嗎？千里之行，始於足下。

我們學生學習，一定要把基礎打好。基本的東西要牢牢掌握。這樣，才能進行更進一步的學習，鑽研更深奧的東西，否則，即使學了再多也只能收到事倍功半的效果，是很不足取的！歐洲文藝復興時期義大利畫壇三傑之一的達·芬奇不就是從最基本的蛋畫起，而後才取得輝煌成果的嗎？

我們說，蓋樓離不開磚，這個道理淺顯易懂。那麼，如果把我們的祖國比做一幢「樓」，每一個普通的人比做一塊磚，情況又將是怎樣呢？

既然我們每個人是國家的主人，就有權利有義務為國家（樓）貢獻自己的力量（磚）。

讓我們做這平凡而又偉大的磚，去建設自己的祖國！

在這篇作文中，作者從「磚」與「樓」的內在聯繫來說明：沒有基礎，就不會有成果。這個觀點無疑是正確的。但是由於作者思路不清，因而在論證過程中說理不透，語言拖沓，甚至出現了論據與論點脫節的現象。文章在一開始就用設問的方法提出了中心論點，然後用哲學原理和事實論據論證論點的正確性，再進一步聯想到我們的學習必須重視基礎，遵循「千里之行，始於足下」的原則。這些論述都是不錯的。但文章到此卻筆鋒一轉，談起精神文明建設的重要意義來了。「千里之行，始於足下」與「物質文明、精神文明」之間並沒有什麼內在聯繫，用「精神文明、物質文明建設」來論證「千里之行，始於足下」，可以說是風馬牛不相及的。另外，文章又把「個人和集團」與「磚和樓」扯在一起，離開了中心論點，實際上使文章出現了第二個主題，或者說使中心論點轉移了。這樣一來，這篇文章的論證當然就很不嚴密了。論點雖正確，但你越論證讀者越糊塗，哪裡還能說服別人呢？對這樣文章的修改，就必須要從根本上改。如果論點正確，就要找到確實能論證論點的論據，使二者不要脫節。同時，一篇文章只能論證一個中心論點，不能中途易轍，讓別人莫名其妙。

下面，我們看看此文的修改稿：

說「磚」與「樓」（修改稿）

每當一幢幢高聳入雲的大樓建成時，你的感想如何？是讚嘆，還是自豪？隨著思潮的波動，你得到些什麼啓示呢？

在你感受那高樓之美時，該不會忽略了那默默無聞的磚吧！你看那磚塊，雖沒有橫樑大跨度的雄偉氣勢，沒有電鍍扶手錚光雪亮的照人光彩，然而，正是由這無數塊樸實無華的磚塊撐起了樓，托起了樑。顯然，磚是建樓的必備材料，建樓，首先得進行材料積累，否則，建樓只不過是紙上談兵。

人類文明的活動中，處處在蓋「樓」，時時在備「磚」。就說我們的科學工作者吧，他們也在蓋「樓」，他們不僅有美好的「設計圖」，而且總是得付出一種艱辛的勞動——材料積累。試問，語言學家王力先生的學問卡片做了多少張？數學家陳景潤的演算草稿堆了有多厚？我們每個青年人也在造自己的「樓」，同樣也離不開積累「磚」。我們應該像喜鵲營壘，那樣勤勤懇懇扎扎實實，從每一個字學起，從每一道題做起，一點一滴地日積月累，才有可能造就事業的輝煌大樓。眾所周知的義大利著名畫家達·芬奇，不就是從最基本的練習——畫蛋做起，而積累功夫的嗎？可見積累乃是成功的前提，並且積累越豐富，樓牆將越高大，樓房將越壯觀。

人人如是，國家亦然。目前，我們民族要建設一個繁榮昌盛的現代化「大樓」，也存在一個「建樓」與「備磚」的問題，要建成這個「大樓」，就得先積累足夠的「磚」，就得迅速提高生產力水平，設法使物質材料「富」起來；不然，「蓋樓」就是句空頭大話。

由此看來，這「樓」是決計離不開「磚」的，反過來是不是說「磚」可以離得開「樓」呢？斷然也不行！儘管那「磚」，經過脫坯成型，經過紅火窰爐的熏烤，經過了多少雙手造就，然而只有將它投入建築工程時，它才顯示了作用，具有了價值。你才發現它的堅實與耐力，才由衷地感嘆它那排列組合的美，生命充實的美。面對高樓，你甚至會讚美一句：「泰山石敢當！」如果不去建樓，磚將焉附！棄在牆角嗎，那便是骯髒的垃圾；扔在路上嗎，人們踢來踢去，還會聲聲罵道：「多麼討厭的絆腳石！」可見，「樓」離不了「磚」，而「磚」又必須依附於「樓」。

想想吧，祖國是大樓，我們是磚塊，祖國大廈要靠我們這些磚塊來建築，我們這些磚塊又賴以祖國大廈而生存。假如我們不爲建設祖國理想的大廈而獻身，那我們的聰明才智又有什麼意義，又有何價值？

看看吧，當今世界，高樓大廈競相崛起，朋友，快振作精神，積極投身到大廈的建設中去，讓我們的生命，在現代化的參天大樓中閃射出耀眼的光彩！

這篇修改稿，針對原稿的兩個主要缺點進行了修改，可以說是一篇論點正確、論證嚴密的好文章了。

文章首先明確提出論點：磚是建樓的必備材料。建樓，首先得進行材料積累。否則，建樓只不過是紙上談兵。

爲了論證這一論點，文章先從人類文明的活動來論證，在人類文明活動中，處處在蓋「樓」，時時在備「磚」。也就是說，要想「蓋樓」，必先要「備磚」。接著又從國家的角度來論證。我們民族要建設一個繁榮昌盛的現代化「大樓」，也存在著一個「建樓」與「備磚」的問題。要建成繁榮昌盛的「大樓」，也必須要先「備磚」。

以上兩部分，都是從建樓必須備磚這個角度論證的。也就是說，强調了「樓」對「磚」的依賴性。接下去，文章則從另一個角度來論證「樓」與「磚」的關係。也就是說，「磚」也是必須依附於「樓」的。

最後一段，得出結論。把祖國比喻爲大樓，把我們比喻爲磚塊，說明祖國大廈要靠我們這些磚塊來建築，我們這些磚塊又賴以祖國大廈而生存。至此，「磚」與「樓」的關係就一清二楚了。

綜觀這篇修改稿，論點是明確的，論據是有力的，論據與論點的關係是十分緊密的。全篇集中論述了一個論點，有理有據，一氣貫通，原稿中的兩個主要毛病都得到了糾正。

把語言改得更準確

正確運用語言，是寫好文章的基本功。一篇好的作文，語言必須是準確的、鮮明的，生動的。語言不通順，選材再好，別人也不愛看，甚至看不明白你要說的是什麼。凡是好的文章，沒有不是在語言的錘鍊上歷盡千辛萬苦的。我們要寫好作文也必須以語言大師爲榜樣，下苦功夫錘鍊語言，把文章改好。

錘鍊語言的標準，首先是「準確」。

所謂「準確」，就是要求語言通順明白，準確地反映客觀實際情況。實際情況是曲折複雜的，因此，必須反覆琢磨、修改，才能反映恰當。比如在魯迅《從百草園到三味書屋》的手稿中，有這樣一段話：不知從那裡聽來的，東方朔也很淵博，他認識一種蟲，名曰『怪哉』，冤氣所化，用酒一澆，就消釋了。我很想詳細地知道這故事，但阿長是不知道的，因爲她不淵博。」後來魯迅又在「不淵博」的前邊加上了「畢竟」一詞，改爲「我很想詳細地知道這故事，但阿長是不知道的，因爲她畢竟不淵博。」「畢竟」一詞之所以加得好，那是因爲阿長對於孩童時代的魯迅來說，雖說是夠淵博的了，但是和那位東方朔比較起來，那是相形見絀的，因此說來說去，「畢竟」還是不夠淵博。法國十九世紀作家福樓拜說過這樣一段話，對我們解釋「準確」二字是很有幫助的。他說：「我們不論描寫什麼事物，要表現它，唯有一個名詞；要賦予它運動，唯有一個動詞；要得到它的性質，唯有一個形容詞。我們必須不斷地苦心思索，非發現這個唯一的名詞、動詞和形容詞不可，僅僅發現與這些名詞、動詞或形容詞類似的詞句是不行的，也不能因爲思索困難就用類似的詞句敷衍了事。」我們漢語的詞彙是更豐富的，同義詞很多，因此，要想找到這「唯一」的準確的詞就更爲困難了。但努力去找到它，這正是我們修改好作文的最高目標。

在這方面，我們語文界的老前輩葉聖陶先生堪稱我們學習的典範。遠的且不說，只就最近的一個例子，看看葉老是怎樣精益求精，努力使語言表達更準確的。

一九八一年四月中旬，《中國少年報》的記者葉小沫同志，去河北遵化縣採訪了寫《保護益鳥，不掏鳥窩，不摸鳥蛋》的倡議書的十一位同學，寫了一篇《讓全國的小朋友都知道》的報導。原文一千字，經過刪改後成為一篇只有八百字的短篇新聞。作者的爺爺葉聖陶先生知道後，又為葉小沫做了仔細的修改。現在舉幾個例子。

第二自然段，第一句：

原文：照著信封的地址，我來到河北省遵化縣夏莊子公社馬坊嶺小學，找到了這十一位「小淘氣」。

改後：信是從河北省遵化縣寄來的。我按照信封上的地址來到夏莊子公社馬坊嶺小學，找到了陳利副、米景源、王東等十一位同學。

在這一段裡，葉老把原來的一個長句子，分成了兩個短句子。又把省、縣和公社、小學的名稱分別寫在兩個句子裡，也把長句化短了。這樣就可以避免把地點、名稱長長地排列在一起，讓人看了生厭。而且，長句子更不適合於少年兒童閱讀。把「找到了這十一位『小淘氣』。」修改成「找到了陳利副、米景源、王東等十一位同學。」這個改動也是很重要的。因為在這之前的文章中，還沒有交代過這些孩子的姓名，到後面敍述事情經過的時候，這些人的姓名卻又突然出現了。如果在這裡不寫清楚的話，那就會在下文出現他們名字的時候，讓讀者覺得摸不著頭腦，不知道這些人名指的是誰。寫人名的時候當然用不著把十一個名字都列出來。但是，這裡列出來的名字，一定得是在後面文章中要出現的人物。

第二自然段，第三句：

原文：說他們淘氣，是因爲他們都喜歡玩鳥。

改後：他們自己說平時淘氣，喜歡玩鳥。

「說他們淘氣，」和前面一句的「找到了這十一位『小淘氣』」，這都是葉小沫同志在採訪的過程中，聽他們自己說過之後得出來的結論。如果像原來那樣，把採訪得來的結論，用一個採訪者的口氣，過早的寫在採訪中，這是不合情理的。這一點是在編寫新聞稿的時候，常常容易犯的一個毛病，是必須要注意的，所以也必須進行修改。

第八自然段：

原文：「是啊，全國有二萬萬小朋友，光靠十一個人保護益鳥，這怎麼行呢？」

改後：「是啊，全國的小朋友這麼多，光靠咱們十一個人不管用。」

「全國有二萬萬小朋友，」改成「全國的小朋友這麼多」。看起來只改掉了一個數字，實際上是爲了使這句話更加符合孩子們的口氣。「二萬萬」這個數字是葉小沬同志加上去的，原想是在這裡借孩子的口說出全國孩子數目之多，卻忽略了作爲農村的孩子，在他們的頭腦中，並沒有這個準確的數目字。把本來不是他們的東西，强加在他們頭上，這就不符合實際，當然也就顯得不眞實。

倒數第二自然段中大哥哥的話：

原文：「你們寫份倡議書，寄給《中國少年報》，登在報上……」

改後：「你們寫份倡議書，寄給《中國少年報》，倡議書一登出來……」

在原文中，說話人的語氣好像很有把握，倡議書寄到報社，就肯定會登出來。

這不符合說話人的實際情況。修改後，用「一登出來」，說話人的語氣就變了，說明倡議書寄到報社以後，有「登」和「不登」這兩種可能，如果能登出來，全國的小朋友就都知道了。改後的語氣，當然更加符合說話人的思想實際。

此外，在語句和文字上作了修改的地方還有不少。通過這些修改，使葉小沫同志體會很深的。

一、是在寫報導的時候，一定要把地點、時間和人物在適當的時候，用盡可能好的方式交代清楚。交代的時候要注意，一定要依照採訪的時間順序，不能把採訪後得出的結論，用採訪人的口氣，過早地寫在採訪的過程中。

二、是寫報導一定要實事求是，不能爲什麼目的，把自己的意志强加給被採訪者，也不能寫出那些與被採訪者年齡、身分不符的思想和對話。否則寫出來的東西就不眞實，讓人不可信。

總而言之，就是要用最準確的語言把事實表述出來。

同學們想想，爲了寫好這篇幾百字的報導，葉小沫同志不僅跑到離京數百里之外的遵化縣去採訪了這十一位同學，寫成後又反覆修改，將一千字壓縮到八百字。而後，葉聖陶先生又仔細推敲、反覆修改。這種精益求精努力尋找最準確的語句的精神，不是很值得我們學習嗎？

下面，附上《讓全國的小朋友都知道》的最後改稿，讓我們一塊體會一下修改文章的甘苦吧：

讓全國的小朋友都知道（修改稿）

三月二十八日，本報編輯部收到一份倡議書，號召全國的少年朋友都來保護益鳥。寫倡議書的是十一位同學。這十一位同學怎麼會想起保護益鳥來的呢？

倡議書是從河北省遵化縣寄來的。我按照信封上的地址來到夏莊子公社的馬坊嶺小學，找到了陳利副、米景源、王東等十一位同學。他們自己說平時挺淘氣，喜歡玩鳥兒：冬天，蹬著梯子上房掏麻雀；春天，爬到樹上摸喜鵲窩裡的蛋；夏天，小燕子才出殼，就用竹竿去捅燕子窩。他們傷害了多少鳥兒，連自己也說不清。

今年春天，他們一起到河邊摸蛤蜊。一隻花喜鵲喳喳地叫著，飛過他們的頭頂。

王東朝大夥喊著：「看，喜鵲！咱們學校的大樹頂上還有個喜鵲窩。這陣子該有蛋了吧，咱們去掏！」

「好，走！」米昆和米景新答應著。

「不，我不去，」陳利副說：「常識課上，老師說啥來著？許多鳥兒是吃害蟲的，能保護莊稼，保護森林，維護生態平衡。鳥兒的好處這麼多，咱們怎麼能傷害它們呢？」

大夥都覺得陳利副說得有理。可是米傑說：「全國大著呢。就咱們幾個人不傷害鳥兒，管什麼用呢？」

「是啊，全國的小朋友這麼多，光靠咱們十一個人不管用。」最小的米景源說：「要是能讓全國的小朋友都知道，都來保護益鳥，那就好了。」

可是，怎麼才能讓全國的小朋友都知道呢？邵全寶想了想說：「景源的哥哥主意多，咱們去問問他。」

十一個孩子找到了景源的哥哥。大哥哥笑著說：「這可不難，你們寫份倡議書，寄給《中國少年報》，倡議書在報上一登出來，全國的小朋友不就都知道了嗎？」

這真是好主意！十一個孩子圍著炕桌，你一句，我一句，當天晚上就寫成了這份寄給我們報社的倡議書。

改要改在根本上

一位同學由於每天上學都要走過一座報刊亭，被它周圍所發生的事情所吸引，寫了一篇讚頌報刊亭的散文《報刊亭》。爸爸看後，肯定了文章的優點，也提出了兩點意見：

一、是通篇以旁觀者的口吻寫成，缺少作者的眞情實感；

二、是文章淺顯直露，缺少形象的構思。

根據爸爸的意見，這位同學又借鑒了一些優秀散文作品，用了幾天時間，把《報刊亭》改寫了一遍，並根據立意的需要，把題目改成了《井》。

我們先閱讀一下這兩篇文章，再來分析一下這位同學修改上的成敗與得失。

報刊亭（原稿）

半年多前，在我家陽台底下的空地上，突然出現了一座小巧玲瓏的四角亭子。綠色的玻璃鋼瓦蓋的屋頂，綠色的木板牆，連門窗櫃架也都是綠色的。只有亭子的前邊門楣上，用大紅的油漆寫著三個醒目的字——「報刊亭」。遠遠望去，這座綠色的小亭，宛如鑲嵌在大馬路邊上的一顆翠珠。

自從報刊亭開張之後，每天清晨我總被陽台底下買報人的談笑聲所喚醒。這些報「迷」們真有意思，他們每天上班前，總要先到這兒來一面吃早點，一面瀏覽報紙，一面又相互議論著報上的各條新聞和消息。常常能聽到他們七嘴八舌的議論，或者是一哄而起的爽朗大笑……

中午，街上的車輛和行人少得多了，可報刊亭卻仍然不空閒，尤其是在夏天，緊緊貼著小亭子的那株高大挺拔的懸鈴木，正好像一把大傘似的遮擋住火辣辣的陽光。濃濃密密的樹蔭，扯起一頂無形的帳篷。於是，一些過往行人便在這兒收住了腳步，他們一面暢暢快快地喝著報刊亭裡阿姨免費供應的涼茶，一面挑選和翻閱著櫃架上的雜誌和各種各樣的報刊……

到了傍晚，報刊亭前面就更熱鬧了。放學回家的學生，像一羣歸窩的鳥雀，撲楞楞地都飛向這綠色的小亭。他們像嬰兒撲進母親的懷裡，美滋滋地吸吮著知識的乳汁……

啊，這顆翠綠色的明珠，這個神奇的小亭！你給人們以智慧，你給人以聰明。我要大聲地讚美你呀，這口平凡而又誘人的知識的寶井！

井（修改稿）

我家搬到城中心大馬路邊的工人新村一年多了，這是爸爸廠裡一幢新蓋的六層大樓，粉紅色的牆，米黃色的露天陽台上擺滿了盆花，過往行人都用羨慕的目光朝這幢漂亮的大樓眺望。

說起來你也許會不信哩，這一年多來我卻常常思念起過去住過的那間老屋。它座落在城東一條僻靜的小巷裡。房子陳舊破敗，低矮而又潮濕，沒有半點叫人留戀的地方，可門前有一口圍著石欄的水井卻總牽著我的心！

這口水井曾與我朝夕相伴，它的好處真是說不盡。寒冬臘月，水龍頭都掛冰柱了，一清早我從井裡打上一桶水，洗臉刷牙一點也不覺得冷；盛夏酷暑，熱得渾身冒火，用井水淋一淋身子，便頓時覺得渾身涼爽，真比吃十根冰棍還適意……

聽奶奶說，這口井是從前一位姓柳的老婆婆獻出自己的一生積蓄修起來的。因而名爲柳婆井。柳婆獻錢修義井故事，曾經深深地烙印在我幼小的心靈裡。使我對家門口平平常常的水井，充滿了敬愛之情！

搬到新居之後，要論住房條件真可以說好得没法跟以前的比。唯一感到遺憾的是門前屋後少了一口井……

今年夏天的一個清晨，我被陽台下一陣叮叮噹噹的掘土聲所驚醒。探身一看，只見七、八個頭戴藤帽的工人叔叔正忙碌著呢！我欣喜地想，興許是要在這幢大樓的前面打井呢！

可三天之後，在我家陽台下面的空地上出現的不是一口水井，而是一座專門出售報刊雜誌的綠色小亭。這天放學回家，我好奇地望著小亭裡擺滿在櫃架上的各種各樣的報刊雜誌，那種類簡直叫人數不過來。報刊亭裡一位售貨員阿姨笑吟吟地從櫃架上拿下一本《少年科學畫報》放到我的面前說：「愛看這一本嗎？」

打開畫報，我立即被那裡面的一個「曹沖稱象」的故事所吸引了。這個用連環畫組成的小故事，形象、生動、明白、易懂。它幫助我進一步理解了物理課上老師講過的有關浮力、比重許多公式的原理。於是我高高興興地買下了它。

這以後，我開始把爸爸媽媽給我的零錢全部積攢起來，一有空便到這個綠色的小亭子裡去買回自己最心愛的雜誌。

不久，我突然發現，跟我住同一幢樓的那幾個淘氣的大男孩，他們也不再整天立在馬路對面那個食品糖果攤前抽過濾嘴香煙，而是漸漸地被這座綠色的小亭所吸引。他們倚著小亭的櫃窗專心致志地翻閱報刊雜誌的神情，真像是一個口渴的過路人，捧著一桶清甜的井水……

不知怎麼，每當我見到這樣的情景，便會想起老家屋前那口圍著石欄的柳婆井。眼前這座平平常常的綠色小亭，不也是一口井嘛！這是一口給人以智慧的寶井！

從此以後，我不再爲我家新居近旁沒有一口井而感到遺憾了。

爲了修改《報刊亭》，這位同學的確在構思上、語言上都下了不少功夫，力求把文章改得更好一些。但是，改要改在根本上，文章才會越改越好。如果拋開根本不管，只是在藝術形式上下功夫，有時往往會適得其反。《報刊亭》的修改稿《井》則正是出現了這樣的毛病。

《報刊亭》給人的印象是眞實、生動、樸實，完全像一個中學生的手筆；《井》則顯得平淡，無吸引力。使人感覺把《報刊亭》改成這樣倒有點可惜了。

《報刊亭》中對報刊亭的描寫是十分美的。綠色的玻璃鋼瓦蓋的屋頂，綠色的木板牆，連門窗櫃架也都是綠色的。遠遠望去，宛如鑲嵌在大馬路邊上的一顆翠珠。突出了一個「綠」字，給人以生機勃勃的感覺。文章對報《迷》們的描寫是生動的，他們愛在這兒一面吃早點，一面瀏覽報紙，一面又相互議論著報上的各條消息和新聞；中午人們一面暢暢快快地喝著涼茶，一面挑選和翻閱著櫃架上的雜誌和報紙；傍晚則更熱鬧了，放學回家的學生，像一羣歸窩的鳥雀，撲楞楞地都飛向這綠色的小亭，像嬰兒撲進母親的懷裡，美滋滋地吸吮著知識的乳汁。

《報刊亭》的最後把主題深化，稱讚報刊亭是一口平凡而又誘人的知識的寶井。《報刊亭》總的看來，中心突出，結構完整，詳略得當。既有形象的描寫，又有生動的記敍，字裡行間充滿了對報刊亭的讚美之情。

改後的《井》，用了類比的手法，用井比喻報刊亭，立意是好的。但是對用以類比的《井》的敍述，沒有很好地掌握分寸。敍述過多，占了近二分之一的篇幅，使文章結構顯得不勻稱，有喧賓奪主的感覺。明顯可見有爲構思而構思、牽強附會的痕迹，缺乏原稿那樸實無華、以眞情實感動人的優點。此外，從語言上看，也出現了不少成人化的語句，原稿中那些少年的稚氣、天眞也不見了。

總的來看，這位同學的修改是不成功的。之所以費力沒討好，主要原因就是沒有改在根本上，而只是在形式上太費了心思。寫作或修改文章，只有在文章內容充實、生動的前提下，再加上巧妙的構思，才可能寫出好文章。如果忽略前者，本末倒置，勢必事與願違。

一個認真修改的範例

前邊所舉的例子，多是同學們對自己作文的修改的實例。這裡要向大家介紹的，是一位老師字斟句酌、精益求精、反覆修改文章的範例，稱得上是當代修改文章的佳話了。

在北京廣安門外，有一個新建的公園——濱河公園。一進公園的大門，迎面便是一座長方形的碑，上面刻的是《濱河公園建園記》。碑文言簡意賅，含義深遠。

碑文是由張必錕老師起草，後由很多同志幫助修改而成的。據張必錕老師講，這短短的三八八個字裡，滲透著許多同志的智慧和心血。他本人的修改以及劉國正、張壽康等語言專家們的推敲潤色不計其數，僅舉老同學陳希同等幫助就修改了四次。算得上是字斟句酌了。比如碑文的「日久少修」原稿是「時日既久」，同樣是四個字，但原稿只點明了時間的推移，改後，則連由於種種原因「很少修整」的意思加了進去，文字容量增加了一倍。「每當工餘暇日……老人笑語」五句及「吸新鮮之空氣，俾健身而延年」二句，也係修改中所增。增加了這些句子，生動勾畫出了男女老幼歡歌笑語的動人情景。除了這些較大的改動以外，還有更易一詞，頓時生輝者，如「北矗天寧之塔，南泛太液之池」的「矗」、「泛」二字，原均作「有」。而改後的「矗」字，不僅包含了原來「有」字的內涵，表示了天寧塔的方位，而且富於形象感，使人覺得筆直矗立的高塔如在眼前；一個「泛」字，不僅指出了太液池的所在，而且似乎使我們看到了池上的微波。「其後屢被戰火」的「屢被」原作「毀於」，一詞之變，古都屢遭戰火劫難的經歷盡在其中。還有「義務勞動者比肩繼踵相屬於道」的「屬」字原作「望」字，一字之易，勞動大軍密密麻麻、爭先勞動的場面躍然紙上……

張必錕老師還告訴我們，就在九月上旬的一個周末傍晚，老同學陳希同又在碑前推敲良久，認爲原「古屬薊城之地」、「車馬絡繹」兩句還要改（後改）。精益求精的精神可見一斑！

玉越琢越美，文越改越精。正是由於這精密的構思和反覆的修改，使此碑文具有很强的概括力：短短三百餘字，不僅說明了地區的歷史概貌和建園經過，描寫了歡樂幸福的生活圖景，而且歌頌了人民羣衆的偉大的創造力。

現在，我們欣賞一下這篇佳作：

濱河公園建園記（修改稿）

北京廣安門外，護城河西，屬古薊城遺址。秦漢以來，多所變遷。及遼金營都，氣象一新。北矗天寧之塔，南泛太液之池，雄視四方，盛極一時。其後都城屢被戰火，數百年間淪爲丘墟。

新中國成立，此地經濟勃興。車馬喧闐，遍地揚塵。日久失修，氣濁水渾。一九八三年十月，宣武區政府據中央指示及市府規劃，倡議北起西便門，南至鴨子橋，建六里帶形之園，以爲居民遊憩之所。

議既下，全區人民熱烈響應，遷出者，唯大局是顧；贊助者，竟資財以輸；組織者，悉心經營；設計者，刻意求新。翌年二月，工程伊始，義務勞動者比肩接踵，相屬於道。羣力既聚，舊迹盡掃。計數月之內：拆除違章舊房千餘間，運土十餘萬方，鋪草五萬平方米，植樹萬株，蒔花萬本，更有園林建築小品，錯綴其間。路人經此，忽睹綠林突起於河濱，花圃頓現於曠地，香飄彩溢，風清氣爽，舊貌新顏，景象迥殊。

每當工餘暇日，各界人士，紛然來遊。童稚歡歌，老人笑語，或漫步於曲徑，或流連於柳岸。吸新鮮之空氣，俾健身而延年；感生活之美好，思飲水之有源；添四化之幹勁，期造福於綿綿。

園初成，立碑爲記。

北京市宣武區人民政府／一九八四年九月三十日

張老師在起草、修改《濱河公園建園記》的過程中，有什麼值得我們借鑒的經驗和體會呢？據張老師自己講，最重要的一點就是：「竭力將可有可無的字、句、段刪去，毫不可惜。」這篇碑文，是一九八四年五月間宣武區人民政府委託他起草的。當時已經講明，實際字數不能超過五百。當五月底張老師把最初的定稿（這大約已經是第五稿了）送到區裡審查時，碑文第一段的文字已經跟現在的差不多了，但在「薊城」一句下邊還有這麼幾句：「其地西接太行，東望榆關；南臨滹沱，北枕燕山。」有幾位同志曾經提出，這幾句可以用來形容北京的地理環境，但不宜用來形容濱河公園這個彈丸之地。可張老師想，寫這類文章總得虛實相濟，稍事誇張，更顯得氣勢雄偉；再說，全文既用了駢散結合的句型，刪掉這幾句，讀起來就不怎麼鏗鏘有聲了。直到送審前夕，依然舉棋不定，於是塗了又寫，寫了又塗。最後到了區委辦公室，還是區委領導同志幫他下決心塗掉了它。這樣全文就剩下了四三五字。

打印稿在區裡廣泛地徵求意見後，又有人提出還可改得短一點。這時已過了半個多月，頭腦清醒些了。因爲他起草前看過公園的設計圖，總想在景色上多做點文章，所以送審稿裡甚至列出了十幾種花名，於是他遵照大家的意見把這些都刪掉。但「風清氣爽」下邊還有這麼幾句硬是捨不得刪，這就是：「仰則綠蓋無際，雲霞成錦；俯則碧水長流，芳草如茵。」這幾句是後來第一次送市委審查時被刪掉的。據說，審委會爲改此文，曾親自到工地去視察過，而且改了兩次。張老師當時沒說什麼，但心裡總覺得可惜。後來，張老師才逐漸體會到，文中既已提到「鋪草」、「綠林」、「柳岸」等，加上這幾句確實是顯得多餘了。

此外，有些字也刪得好。例如全文第一句原作「北京廣安門外護城河西側」，是個很長的句子，張老師也覺得彆扭，可又不能不這樣寫；後來審委會把它改為「北京廣安門外，護城河西」。刪去了一個「側」字，加了一個標點，變成很好的駢句，顯得搖曳生姿。

魯迅說過，寫文章應「竭力將可有可無的字、句、段刪去，毫不可惜」，這的確是千古不易的眞理。這也正是張老師在修改碑文中最深刻的體會。

更爲可貴的是，張老師在修改過程中，不僅能虛心聽取專家、同輩們的意見，連對來自素不相識的中學生的意見，也是十分尊重、認眞考慮的。四川涪陵五中張世殊同學，從《讀寫知識》報上看到這篇建園記後，大膽地給張老師寫了一封信，提出了自己的修改意見。張老師認眞拜讀後，給他回了信。對張世殊同學的意見加以肯定，對提得不正確的加以解釋，而且還給予張世殊同學以熱情的鼓勵。張老師反覆修改碑文的實踐，不愧爲我們修改文章的範例。

下面，請看一下張世殊同學給張老師的來信及張老師的回信：

張必錕老師：

從《讀寫知識》八十三期上看到您起草的《濱河公園建園記》，我高興了好幾天，並特地將它剪下來，裝在我的《古今文集》第一頁裡。現在我已基本上能背誦它了。

經過反覆吟誦，我想跟您商討幾個字，算我大膽，因爲我始終覺得那是白玉上的瑕點，不對的話請老師批評。

一、「多所變遷」改爲「數歷變遷」是否好些？「所」在這句話裡意思顯得模糊。

二、「屢被戰火」是否應改爲「屢遭戰火」？「被」是介詞，「遭」是動詞，這句話裡應當有個動詞才好。

三、「議既下」可改爲「議方下」。「既」是「已經」的意思，「方」是「剛」的意思，兩字相比，「方」似乎更準確些。

四、「路人經此，忽睹綠林突起於河濱，花圃頓現於曠地」中，「突」、「頓」二字與「忽」是一個意思，我認爲刪去這兩個字爲好。

望老師來信批評指教，恕生冒昧。

此致

敬禮！

四川涪陵五中　張世殊

張世殊同學：

你的意見提得很好，特別是第四條，連用「忽」、「突」、「頓」三字，確實顯得重覆。我想，如果將來重刻碑文的話，一定要改過來才好。但也有需要解釋的地方：

㈠「多所變遷」中的「所」是句中的助詞，文言文中歷來有這種用法，起調整音節的作用；「多所」也不能改爲「數歷」，因爲秦漢至今已有兩千年史，「變遷」是無法以「數」計的。

㈡「屢被戰火」中的「被」在文言文中常作動詞用，就是「遭受」的意思。這句話原作「屢遭兵燹」，因「兵燹」一語太「文」，後來換爲「戰火」，又爲了保持文白夾雜體，特意將「遭」換爲「被」，此處似以不改爲好。

㈢「議既下」中的「既」，常用於表示「繼事」（即兩件事相繼發生），而「方」則常用於表示兩事幾乎同時發生，我認爲用「既」更符合當時的實際情形，不如你以爲如何。

你對文字推敲得很細，這在一般初中同學中是很難做到的，我非常讚賞。我一向認爲學生應當超過老師，我們的未來才有希望。自然，學生要尊敬老師，要虛心向老師學習。但不能停留在這上面，還要不迷信老師，敢於向老師提出經過自己深思熟慮的意見。我希望你繼續這樣做，並且相信你一定能超過我——即使不是現在。

祝

學習進步！

張必錕

同學互相評改好

修改作文，有良師指導，固然很好。但是，一位老師教著幾十名、百多名學生，要想對每個同學的每次作文都作詳細評改是不可能的。因此，在自己修改拿不定主意時，可以就近求教於同學，在同學中互相批改，也是一個切實可行的方法。有人說：「同學之間半斤八兩，請同學幫助評改，能行嗎？」事實證明，在同學之間提倡互相評改，是可行的。

現在，我們先看一位同學寫的作文《要關心自己的根》，和另一位同學對這篇作文的評語。

要關心自己的根（原稿）

我到浙江天目山去過好幾次，那兒的翠竹給了我很深的印象。初春季節，一陣春雨過後，山坡上一片生機盎然，碗口粗的竹筍破土而出，氣勢就像已點燃的火箭一樣，銳不可當。夏秋之際，竹已成材，丈把高筆直渾圓的翠竹，漫山林立著，那樣剛勁、挺拔。然而天目山山坡上的土層並不厚，一般還不到一尺，卻能蘊育這樣蓬勃的生機，狂風刮不倒，大雨沖不動。再去山坡看看，從一個坑窪裡，發現竹子有著異常發達的根，相互纏繞，盤根錯節，顏色暗淡，像一團折彎的蘆柴，完全不像土層上面的樣子。

正是這根，才賦予竹子蓬勃的生機，不管多大的竹林，所以竹子的根都緊緊地交織在一起，像一張巨大的羅網，覆在山坡上。嚴冬，地面上一片蕭條，但是，在那看不見的土層裡，正隱藏著一場興與亡的交戰，根在拚命伸展，與山石搏鬥，與嚴寒抗爭。由於根的蔓延，竹子才得以汲取豐富的養料，春天來臨，一場春雨過後，竹根蘊育出的竹筍便冒出地面，於是，幼竹日益成長，直至成材。

竹子，在與自然界長期艱難的鬥爭中，不斷進化完善，形成了今日這樣發達的根，因此才有頑强的生命力。這爲我們進行人生這場鬥爭提供了寶貴的經驗，我們也必須關心我們自己的「根」。

看看我們的根，是否扎在堅實的基礎上。竹子風吹雨打不倒的原因，在於竹根緊緊地擁抱著岩石。中國博大而富饒的土地，是我們最可信的靠山。只有堅定不移地投向祖國的懷抱，才能有穩固的立足點。因此，我們的未來，我們的信仰，必須扎根在祖國的萬里疆土上。離開了祖國，我們便成了「無本之木」，結果必然像水上浮萍，只能東飄西蕩。因而，我們應該時刻培養自己的愛國之心，激發自己對祖國深厚的感情。

看看我們的「根」，是否聯在了一起。竹根相互聯結，以龐大的根系爲基礎與自然界抗爭著。一日千里的今日世界，高度發展的現代社會，要求人們緊密配合。我們應該牢固地樹立集體的觀念，使自己同集體緊緊地聯繫在一起，形成巨大的力量，對社會做出有益的貢獻。

看看我們的「根」，是否在積極地積累著營養。春筍破土而出的力量，來自竹根的營養積累，同樣我們要成爲有用人材，也要進行知識的積累。不要僅僅讚美竹子脫穎而出的生氣，高聳挺拔的雄姿，要知道，爲了它，竹根在暗無天日、無人知曉的土層裡，山石間，曾經歷過怎樣的苦戰？正是由於一冬天營養的積累，才蘊育出竹筍的破土而出。不要僅僅讚嘆土層上面翠竹青青，而要看到土層中、石縫間，醜陋的竹根在在怎樣艱難地延伸。我們現在正是「伸根」之日，大量吸收「營養」之時，忍辱負重，「默默無聞」，應是我們必須具備的品德。我們要學冬季深埋在土中的竹根，點點滴滴地積累著力量，扎扎實實地建立起生存的基礎，這樣，一旦春雷響過，我們就能破土而出，拔地而起。

竹子的一切，依賴於它的根。朋友，你可曾注意自己的「根」？

下面是另一位同學寫的評語：

這是一篇組織得比較巧妙的習作。巧就巧在作者把人生同竹子的生長相聯繫，相比較，運用比喻論證，通過竹根的三個特點，層層論述了「要關心自己的根」這個中心論題。

竹子爲何風吹雨打不倒呢？因爲有深扎在土層或石縫中的根作基礎。人生的鬥爭好比竹子跟自然的抗爭，因此人生之竹自然也應有堅固的基礎。這樣一種先竹後人的過渡，爲下面的論證奠定了很好的基礎。

下文的兩個論點同樣用了這種方法，先寫竹，再論人。值得一提的是，在最後一段的論證中，作者先用不少筆墨寫了竹根的積累，當筆鋒轉到人的知識積累時，就沒有再作過多的描寫，而是强調了青年時代「吸收營養」和「積累力量」的重要性，給人以很深的啓發。

如果把文章開頭部分散文性的描寫加以壓縮，而在比喻論證中增加一些說理，那麼文章就更加緊凑而充實。語言是流暢的，如果少用一些「應該」、「必須」等詞，而增加些自我感受，那麼文章就顯得更親切了。

這篇評語寫得是很好的，旣分析了作文的突出優點：組織得比較巧妙。把人生同竹子的生長相聯繫，相比較，運用比喻論證，層層論述了文章的中心論題；也分析了最後一段論證中當詳則詳、當略則略的闡述，給人以很深的啓發。在肯定文章成功之處的同時，又委婉而中肯地指出了文章的不足：開頭部分散文性的描寫太多，比喻論證中說理性還不夠強，語言中「應該」「必須」等詞用得嫌多，自我感受比較薄弱等。這樣的評價，對《要關心自己的根》是恰如其分的。

同學能寫出這樣的評語，說明同學之間互評互改作文是可行的。學生評改學生的作文，由於年齡相仿，水平相近，都有自己的作文實踐，都有自己的甘苦得失，因而容易評得實在，而且往往比老師的評改更具有針對性，從而也更容易爲對方所接受。這樣互評互改，對提高我們的寫作能力和修改文章的能力，都是大有好處的。

因此，同學們在自己修改作文時，完全可以向同學請教，聽聽同學的意見，然後進行認眞修改。長此以往，定會受益匪淺。

附錄

藝術的生命在於真實

——談談《報刊亭》的修改

莊之明

《語文報》編者按：本報自開展「《報刊亭》修改得好不好」的討論以來，數以千計的讀者來稿談了自己的意見，這說明大家對這次討論的關心。這期我們請兒童文學作家莊之明同志，談談他對這個問題的看法，同時也作爲對這次討論的一個總結。

半年前，《語文報》發表了杭州十四中陳晶同學寫的習作《報刊亭》及其修改稿《井》，在讀者中引起强烈的反響。大家各抒己見，討論的焦點集中在修改稿是否比初稿好，同時還涉及到寫作方面的一系列問題，這是一場很有意義的討論。下面，談一談我的幾點看法。

一、改得好不好，看它眞不眞

討論中，讀者的意見大致可以歸納爲兩種：認爲原稿《報刊亭》好的理由是：作者如實地寫出了自己的所見所聞所感，文章從一個側面反映了我國在精神文化生活方面的變化，讀來親切、樸素，富有生活氣息；贊同修改稿《井》比原稿好的理由是：用《井》貫穿全文，構思巧妙，聯想豐富，行文跌宕曲折，寓意深刻。我認爲，雖然這兩篇文章各有所長，各有所短，但是，我更喜歡《報刊亭》，因爲它眞實可信。小作者善於捕捉生活的美，如同攝影師攝下了生活中一個個閃光的鏡頭，展示了一個美的生活畫面，並且在不爲人們注意的平凡小事中發掘出新意，平易中有深刻的思想。比如，把報刊亭比喻成「知識的寶井」，樸素中有絢麗的色彩，再如，那個「翠珠」般綠色的小亭就寫得很可愛。特別是下面一段文字：「放學回家的學生，像一羣歸窩的鳥雀，撲楞楞地飛向這綠色的小亭。他們像嬰兒撲進母親的懷裡，美滋滋地吸吮著知識的乳汁……」情眞文美，童心可掬。看得出來，作者寫的是自己經歷過的感受深的東西，行文便如流水，潺潺而下。當然，這篇文章也有不足之處，寫得還不夠活潑，不夠充實，有些平鋪直敘，顯得比較平淡，就像一張照片，只有平面的感覺。文章缺少「我」的行動，如果能把修改稿《井》的第九、十自然段溶在一起寫，文章就會更充實。《井》的優點是作者把自己的思想感情溶在對《井》的描述之中。小作者在構思、剪裁、布局謀篇方面也下過一番功夫，用意是好的，也不乏有精彩之筆（如九、十自然段），但是，關於「遷居」和「柳婆井」的描寫占去了大量篇幅，表面看起來似乎與報刊亭有關，實際上是外加的，既不能起「鋪墊」、「烘雲托月」的作用，又沖淡了對生活的新鮮感受，顯得很生硬，失之雕琢，看得出編排的痕迹，給人一種「爲文而文」的感覺，是不可信的。

二、如何評判一篇文章的成敗

評判一篇文章寫得好還是不好，角度可以有不同，比如，主題是否正確、深刻，材料是否具體、充實，構思是否新穎、巧妙，語言是否流暢、優美等等。但是，在思想內容正確的前提下，主要是看文章是否有眞情實感。沒有眞情的文章，不是好文章，而是湊材料、搭積木，這樣的作品是根本無法打動讀者的。只有熱愛生活，才可能寫出生活的眞、善、美。當然，寫「眞情實感」並不是機械地去反映生活，而是要在眞實生活的基礎上經過加工提煉、綜合概括。《報刊亭》一文給人一種生活的自然的美，但是缺乏藝術的加工提煉。《井》一文意圖彌補前者之不足，並且有意模仿和借鑒一些優秀的散文作品，這種勇於實踐的精神無疑是可貴的，因爲模仿是創造的必經之路，模仿優秀作品也是一種學習。但是，文章沒有緊緊圍繞著《報刊亭》來寫，甚至編造了「柳婆井」和想像在六層大樓前掘井的情節，確實是「喧賓奪主」，失去了文章的眞實性。有失必有得，相信作者在練習作文的實踐中，是會逐漸悟出這個道理的。

三、文章不厭百回改

文章不厭百回改。古今中外有成就的作家，都在修改上下過功夫。宋代散文家歐陽修常常把寫好的文章掛在牆上，從頭到尾進行修改，有時甚至把通篇文章改得一字不剩，然後重寫。作家這種精益求精的精神是很值得我們後人學習的。

那麼，怎樣修改一篇文章呢？

所謂修改，就是認眞地把已經寫出來的文章從立意選材、篇章結構、語言文字等多方面進行增、刪、改，使文章能更完美、更周密、更充分地表情達意。

修改，有小修改和大修改之分。文章寫完以後，看看層次是否淸楚，詳略是否得當，交代是否明白，用詞是否準確，語言是否通順，有沒有錯別字，竭力將可有可無的字、句、段刪去，這是小修改。改變文章的結構，增刪文章的典型材料，改變文章的主題，有時甚至另起爐灶，這是大修改，像由《報刊亭》改爲《井》就是大修改。當然，有時候也許改得沒有原稿好，那也沒有關係。修改文章的過程，就是提高寫作水平的過程。修改的標準是什麼？就是「有眞意，去粉飾，少做作，勿賣弄」（魯迅《作文的祕訣》）

按：見143頁《改要改在根本上》一文。

修改要忍痛「割愛」

上海五愛中學高三　陸紅

一次上學的路上，一位同窗好友告訴我一件有趣的事：週末晚上她帶著從香港回滬探親的表弟去青年宮遊玩。在回家路上，她表妹無意中踩到一隻死老鼠，害怕得直發抖，急忙拿出港幣，站在那兒念念有詞。怎麼回事？她一問，才知道原來在香港的街上，發生這種情況要罰款的。那位表弟自稱犯了「殺生之罪」，正念著《聖經》中的懺悔詞呢。

聽完這趣聞，我笑了。發笑之餘，一個個問號在我腦中閃現：為什麼踩到老鼠要罰款？為什麼要懺悔？……我驚異地發現這正是個新穎的寫作素材，何不把它寫出來，反映生長在不同制度下的青年所受到的不同教育呢？於是我開始構思這篇習作。恰在暑假，青年宮舉辦中學生文、史、地學習活動專場，我自然在作文中寫了答題領獎的情節。再加上踏死老鼠細節，一篇作文寫成了，取名為《嚮往》，意在表現香港青年對祖國壯麗河山和美好生活的嚮往。

《嚮往》寫成後，我覺察到文章前一部分青年宮活動和後一部分踏鼠細節似乎沒有內在的聯繫。前者表現表妹赤誠愛國之心，而後者反映的卻是香港青年精神空虛的一面。這是兩個不同的主題，揉和在同一篇習作裡很不協調。我反覆閱讀這篇作文，越讀越覺得這踏鼠細節是畫蛇添足了，偏離了《嚮往》應有的主題。可這個細節卻又是我最偏愛的。怎麼辦？刪去這個尾巴！我終於忍痛割愛，改成了現在的《領獎》。

契訶夫曾說過：「寫得好的本領，就是刪掉寫得不好的本領。」從某種意義上說，文章不是寫出來的，而是「改」出來的。但要想眞正把文章改好，有時就得忍痛「割愛」。這正是我寫這篇習作最深的體會。

領獎（修改稿）

今年暑假，炎熱非凡。恰在此時，姑姑帶著表妹從香港回滬探親。

「表姐！」面對著站在我面前的妙齡少女，我簡直不敢認了。我拉著表妹纖細的手打量著。是啊，五年不見，表妹長高了，只有那一雙充滿稚氣的大眼睛和一對小酒窩對我來說還是那麼熟悉。

我們在院子裡親熱地促膝相談。表妹滔滔不絕地講著她回內地的見聞，邊說邊拿出了彩色照片。

「這是青島海濱浴場……這是『飛流直下三千尺』的廬山瀑布……這是西湖的三潭印月……」表妹介紹著，在她那夾雜著粵語的普通話中，流露出她對祖國壯麗山河的無限眷戀。是啊，祖國大地的山山水水已深深吸引了她。

週末的夜晚，我邀表妹一起去「大世界」——青年宮遊玩。

「我在香港晚上從不出家門。」

「放心吧，在上海不用擔心。」

在好奇心的驅使下，她終於答應了我的邀請。

在青年宮二樓的知識宮內，已有幾十位同學在場。小廳台前，坐著幾位老師，一排桌上放著引人注目的獎品。提問開始了，同學們紛紛舉手搶答。

「我國第一位愛國詩人是誰？有什麼作品？」

「我國古代四大發明是什麼？」

「我國主要的礦產資源是什麼？」

……

一個又一個的題目激起同學們廣泛的興趣。

這時，一位老師站了起來，指著中國地圖的下方。

「香港，是中國的領土。當年中國被迫同英國簽訂了哪三個不平等條約？」

「一八四二年《中英南京條約》，一八六〇年《中英北京條約》……」一個同學搶答道。

「還有呢？」老師點了點頭問。

搶答的同學搔著頭，一時回答不出。場上鴉雀無聲，大家都在記憶的腦海中反覆搜索著。

「我知道」一旁的表妹輕聲但又自信地說。

「快舉手！」我把表妹的手使勁地舉起來。

「好，請這位女同學回答。」

「我嗎？」表妹羞澀地站了起來。

「華僑？」一個同學指著穿著港衫的表妹說道。頓時，大家都用異樣的目光望著表妹。

表妹嚴肅地用夾雜著粵語的普通話答道：

「除了《中英南京條約》和《中英北京條約》外，還有一八九八年六月九日中英簽訂的《中英展拓香港界址專條》。」

「答對了，請這位同學上來領獎。」

台下響起了熱烈的掌聲，同學們向表妹投來了羨慕和讚許的目光。

表妹抿嘴笑了，那一對小酒窩是那麼可愛。她猶豫地站在座位邊，一隻手緊緊地拉著我。

「快上去吧！」我把忸怩著的表妹推上前去。

「謝謝！」表妹接過本子和鉛筆，鞠了一躬。同學們又熱烈地鼓起掌來。……表妹一步一跳地回到座位，興奮地擁抱著我。

我們沈浸在歡樂中，盡情地遨遊在知識的海洋裡。在回答問題的同時，那種崇高的民族自豪感在我們心中蕩漾著。

「我回去一定要告訴我的同學，我們的祖國是多麼的偉大和可愛，那美麗的河山，勤勞的人民，悠久的歷史和燦爛的文化，將永遠是我們的驕傲。『大世界』真豐富，不愧爲青年的聖地。」走出青年宮，表妹感慨地說。

走過霓紅燈牌，穿過馬路，離開熙熙攘攘的人羣，我們在幽靜的小街上走著。表妹挽著我，臉上浮現出微笑，噢，她還在回味著剛才領獎的情景呢。

作文七七法

李尚文◉著

如何寫好一篇好文章，除了多練習外，還要有好的方法，才能收到事半功倍的效果。本書的作者把作文的方法，歸納成七十七種，並以範文說明，讓讀者透過範文的欣賞，參考作法說明，清楚地瞭解各種方法的應用。

193頁／25開／平裝　定價150元

寫作方法一百例

劉勵操⊙著

本書作者專就寫作方法，整理出一百種概念。每一種概念再賦予一個明確的名稱，使讀者能夠熟記於心，靈活運用於手。對於文章的脈絡能夠充分掌握，相信使「空有滿腹的感情卻寫不出來」的困境必能大大的減少。

533頁／25開／平裝　定價320元

國立中央圖書館出版品預行編目資料

怎樣修改作文／程漢傑著. －－初版. －－臺
北市：萬卷樓發行：三民總經銷，民83
面；　公分. －－（教學類叢書；30）
ISBN 957-739-115-X（平裝）

1.中國語言-作文

802.7　　83005953

怎樣修改作文

著　　者：程漢傑
發 行 人：許錟輝
責任編輯：李晏孺
發 行 所：萬卷樓圖書有限公司
台北市和平東路一段67號14樓之1
電話(02)3216565・3952992
FAX(02)3944113
劃撥帳號15624015
承印廠商：彩邑設計製版有限公司
定　　價：160元
出版日期：民國83年8月初版
民國85年10月初版二刷
出版登記證：新聞局局版臺業字第伍陸伍伍號

ISBN 957-739-110-X